⑤ 생미셸 대로: 파리의 □□□□□□□□□□□□□□□□□□□□□□□□□□□□□를 따라 하루의 여정을 시작□□□□□

⑥ 몽주가(街): 파리 5구의 □□□□□□□□□□□□□□□□□□□□□□□ 양식 목욕탕을 이용한다.

⑦ 포부르몽마르트르가(街) □□□□□□□□□□□□□□□□□□□□□□□□ 문구에 이끌려 이곳에 있는 □□□□□□

⑧ 보지라르가(街): 6구와 15구 □□□□□ 4.3km 이르는 파리의 옛 성벽 안에서 가장 긴 거리로 장 데제르는 이 거리의 끝에 있는 채식 식당을 찾아 점심을 먹는다.

⑨ 세바스토폴 대로: 샤틀레 광장에서 시작해 생드니 대로에서 끝나는 1.3km의 도로로 파리의 1구와 2구, 3구와 4구를 구분하는 역할을 한다. 장 데제르는 테레사르 드 아를렘 부인에게 점을 본 레오뮈르가(街)와 맞닿아 있다.

⑩ 레오뮈르가(街): 파리 2구와 3구에 있는 거리로 프랑스 물리학자이자 박물학자인 르네 앙투안 페르쇼 드 레오뮈르(1683-1757)의 이름을 따서 명명되었다. 장 데제르는 이곳에서 테레사르 드 아를렘 부인에게 점을 본다.

⑪ 개테가(街): 파리 14구의 몽파르나스 지구에 있는 도로로 많은 극장과 레스토랑, 그리고 성인용품점이 늘어서 있다. 장 데제르가 영화를 관람한 곳이다.

⑫ 트론 장벽: 바스티유 광장과 뱅센트 숲 사이에 있으며 프랑스 혁명기 단두대가 설치된 곳으로도 유명하다. 장 데제르는 이곳에서 저녁 식사를 한다.

⑬ 북역(北驛): 파리 10구에 있는 프랑스 국철 (SNCF), 파리 교통공단 (RATP)의 역으로 유럽 최대의 역이다. 장 데제르는 이곳 근처에 있는 북 약국을 찾아가 성위생에 관한 강의를 듣는다.

⑭ 생데지맹데프레역(驛): 1910년 1월 9일 샤틀레와 라스파이 사이의 센강 아래 노선 연결 구간의 일부로 문을 연 파리 6구의 4호선 역. 장 데제르는 북 약국에서 나와 이곳을 향하던 중 매춘부를 만나지만 유혹을 뿌리친다.

⑮ 파리식물원: 파리 5구역에 있는 식물원으로 프랑스 국립자연사박물관의 일부다. 이 식물원을 바탕으로 1793년 6월 프랑스 국립자연사박물관이 개관되었고 1795년에는 수족관과 작은 동물원이 문을 열었다. 장 데제르가 엘비르를 처음 만난 곳이다.

⑯ 앵발리드: 파리 지하철 8호선과 13호선의 역이자 RER C의 역으로 장 데제르와 엘비르가 비로플레에 가기 전 RER C 선을 탄 곳이다.

⑰ 알마다리역(驛): 파리 지역의 고속 교외 철도 시스템인 RER C.노선에 있는 역.

⑱ 이씨역(驛): 파리의 교외 급행 철도 시스템인 RER의 역이다. 오드센주의 데파르트망에 있는 이씨레물리노에 있다. 장 데제르가 엘비르와 함께 비로플레에 가기 전 RER C선을 타고 가는 코스이다.

⑲ 뫼동발플뢰리: 프랑스 파리의 남서부 교외 지역의 뫼동에 있는 기차역이다.

⑳ 비로플레: 파리의 남서쪽 교외에 있으며 도심에서 14.1km 베르사유 궁전에서 3km(1.9마일) 떨어져 있는 마을이다. 장 데제르는 엘비르와 이곳을 목적지로 삼고 열차를 탄다.

㉑ 몽파르나스 지구: 프랑스 파리 남부의 센 강 왼쪽 강둑에 있는 지역으로 파리에서 두 번째로 큰 묘지가 있다.

㉒ 그레뱅박물관: 프랑스 파리 9구에 있는 밀랍 인형박물관으로 역사적인 인물과 현대 유명인의 실물 크기 모형이 있다. 장 데제르와 엘비르의 데이트 장소다.

㉓ 카타콤: 프랑스 파리에 있는 지하 납골당으로 600만 명 이상의 유해를 안치하고 있다. 책에서는 장 데제르와 엘비르의 데이트 장소다.

㉔ 루아얄 다리: 파리의 센강을 가로지르는 교각으로 퐁네프와 퐁마리에 이어 파리에서 세 번째로 오래된 다리다. 장 데제르와 엘비르의 데이트 장소.

㉕ 바스티유 광장: 4구, 11구, 12구에 걸쳐있는 광장으로 원래는 프랑스 혁명의 도화선이었던 바스티유 감옥이 있던 곳으로 현재 7월 기념비가 서 있다.

㉖ 생앙투안가(街): 파리 4구에 있는 오래된 거리로 마레 지구의 중심부에 위치하며 장 데제르가 주요 결심을 한 곳 찾았던 숨집 엘리제가 있는 곳이다.

㉗ 레퀴블리크 광장: 프랑스를 의인화한 마리안느의 동상이 있는 곳으로 파리에서 가장 큰 보행자 광장이다.

㉘ 퐁뇌프: 1607년에 문을 연 아치형 석교로 경간 2개와 헨리 4세의 청동 기마상이 있다.

㉙ 아르슈베셰 다리: 3개의 석조 아치가 있는 다리로 파리의 센 강을 가로지른다.

Les dimanches de Jean Dézert

Jean de La Ville de Mirmont
Les dimanches de Jean Dézert

장 데제르의 일요일

장 드 라 빌 드 미르몽

김예림 옮김

신북스

Rue Du Bac

차례

일러두기

- 이 책은 Les dimanches de Jean Dézert (Paris, J. Bergue, 1914)을 번역한 것이다.
- 원문의 이탤릭체는 서체를 달리하여 표기했다.
- 주(註)는 모두 옮긴이가 단 것이다.

사례 연구: 장 데제르

보통 사람들에 대해 할 말이라고는
그들이 살아 있는 사람의 수를 늘린다는 것뿐이다.
– 세르반테스 –

이 젊은이를 '장 데제르'라고 하자.

그의 옷차림에는 개성이라곤 없어서 여러분은 길을 걷다 그와 부딪치지 않는 이상 군중 속에서 그를 알아보지 못할 것이다. 그는 너무 큰 셔츠 칼라에 초라한 넥타이를 매고 있고, 바지통과 윗옷 소매 모두 무릎과 팔꿈치 부근이 주름져 있다. 그의 발은 낡은 신발 속에 편히 자리 잡고 있다.

세심하게 면도한 길쭉한 얼굴에 큼지막한 콧수염이 눈에 띈다는 것, 이 외에 딱히 무슨 말로 더 그를 묘사할 수 있을까? 이처럼 특색 없는 얼굴에서 콧수염은 무슨 역할을 하는지, 나아가 쓸모가 있기는 한지 알아채기란 어려운 일이다. 장 데제르의 마른 몸을 보며 유추하건대, 그는 운동을 거의 하지 않으며 군복무 경험이 없다는 것을 알 수 있다. 그리고 지금은 경제진흥부에서 일하고 있다.

보아하니 그의 삶 ─나중에 여기서 유용한 정보를 얻을지도 모르겠다 ─ 은 지극히 일상적인 것에서 벗어나지 않는 듯하다. 그는 박가(街)의 프티생토마 백화점* 맞은편 건물 5층에 거주하고 있다(어떤 뜻이 있어서 이곳에 자리 잡은 것은

---

* 당시 파리에 있던 규모가 큰 백화점 중 하나로 혁신적인 정찰제를 도입했다. 1830년 건축되었다가 1897년 현대적인 재건축을 거친 뒤, 1913년 문을 닫았다.

아니다). 가정부가 그의 침실과 현관을 청소해 주고, 침대를 정리하고 옷가지를 솔질해 주며, 건물 안뜰에서 카펫을 털어 준다. 가정부의 이름은 앙젤로, 과부다. 이 건물에서 유일하게 특이한 점은 천장이 굉장히 낮다는 것이다. 장 데제르가 의자 위에라도 올라선다면 어쩔 수 없이 고개를 숙여야 할 것이다. 하지만 다른 많은 이들과 다르게 그는 한 번도 그런 생각을 해 본 적이 없다. 상상력이 풍부한 사람이라면, 그의 집에 앉아 배의 조타실을 떠올릴지 모른다. 바닥의 기울어진 형태가 이러한 가정을 뒷받침하는 듯하다. 사실 이는 바다가 출렁거려서 그런 게 아니라 건물이 낡은 탓이다.

다행히도 가구는 모두 평범하게 놓여 있다. 심지어 벽난로에는 바스크 지방의 북이 놓여 있고, 벽에는 스위스 풍경화도 두 점이나 걸려 있다. 게다가 집에 머무는 것이 심심할 때면, 장 데제르는 창문 너머로 박가(街)에서부터 생제르맹 대로까지 둘러볼 수 있다. 아래에서는 상인들과 사람들이 바쁘게 지나다닌다. 비가 많이 와서 길이 진창이 되는 날에는 익명의 우산들만이 단조롭게 넘실거린다. 하지만 언제나 변하지 않는 한 가지는, 배달하러 가는 차들이 도로에서 다른 차들과 길을 다투고 있다는 것이다. 밤이 이슥해질 즈음이면

장 데제르는 말방울 소리와 애처로운 발굽 소리를 잠결에 듣는다. 말이 지나가고 나면, 인근의 유흥가에서 귀가하는 이들을 태운 자동차들이 요란하게 경적을 울린다.

장 데제르는 아침 8시에 기상한다. 그리고 나서 혼자 가스불에 카페오레를 데운다. 정확히 9시면 바노가(街)에 위치한 사무실로 향한다. 그는 카페에서 멍하니 앉아 식사를 한다. 동료들과 함께 저녁을 먹는 일은 거의 없는데, 그가 카드 게임도 정치 얘기도 좋아하지 않고 사람들과 대화를 지속할 방법도 모르기 때문이다.

머릿속이 일 생각으로 가득 차는 경우도 거의 없다. 그의 업무는 문서의 서식을 채우거나 필요할 때마다 다른 부서에 서류를 열람시키거나 전달하여 알려 주는 정도다. 단순히 '알려 주는' 일과 '가르쳐 주는' 일은 완전히 다르다는 것을 잊지 말아야 한다.

그의 머릿속은 사무실 밖에 있는 시간, 주로 일요일에 대한 것으로 채워져 있다. 매주 일요일은 장 데제르 삶의 전부이다. 사람들 대부분이 이해 못 할 만큼 그는 일요일을 아주 좋아한다. 지치는 줄도 모르고 큰 길을 따라 하염없이 돌아다닌다. 만약 그가 결혼했다면 다른 이들처럼 유아차를 끌고 돌아다녔을 것이다.

합승마차*를 타고 가는 동안 그는 지붕 위 좌석에 앉아 출발지부터 종점까지의 운행 노선을 즐겼다. 그러면서 그는 엄청나게 많은 간판을 읽고, 거기 적힌 회사들의 이름에 대해 생각했다. 이 정도가 그의 소소한 오락거리다.

물론 그에게도 원하는 여가를 누릴 권리가 있다. 연애에 관해 말하자면, 그는 아주 비밀스러운 인물이다. 그의 말을 빌리자면, 기껏해야 그는 혼기가 찼을 즈음 잠시 독일인 가정교사를 좋아했었다는 것과 카페에서 카운터 보는 여자에게 치근댄 적이 있었다는 것 정도이다. 게다가 (그가 겸손하게 덧붙이기를) 이 모든 일은 우연히 일어났다. 상황이 달랐다면, 그의 질서 정연한 삶 속에서는 타이피스트나 피아노 교사 같은 여자가 그와 같은 인물의 역할을 맡았을 수도 있을 것이다.

장 데제르는 가족에 대해서 결코 이야기하는 법이 없다. 나는 그가 남서부의 대도시에서 태어났다는 것을 알게 되었다. 그의 아버지는 가스 공장의 부사장이었다. 그 공장의 길 건너

---

* 옴니버스라고 하며 1829년 등장한 말 두마리가 끄는 마차. 실내에 12명, 지붕 위에 10명, 모두 22명을 태웠다.

편에는 개신교 공동묘지가 있었다. 석탄재가 비처럼 쏟아져 내리기도 했던 그의 어린 시절은 사이프러스 나무가 지평선을 이루며 울타리가 되어 주었다. 이는 장 데제르라는 인물을 연구하는 데 유용한 정보다.

적어도 그라는 영혼이 지닌 참을성과 체념, 욕망의 겸손함, 그의 상상에 깃든 슬픈 무기력함을 이해할 수 있을 테니까. 왜냐하면 ─이것을 명심하라 ─ 장 데제르는 꿈속에서조차 긴 여행을 해 본 적이 없기 때문이다.

영원한 사랑이 존재하는, 그런 별이 있다고 그는 생각이나 해 보았을까?

그의 눈은 땅을 떠나지 않고, 시선은 이 세상 밖으로 넘어가지 않는다. 이 세상 속에서 누군가는 배우요, 또 누군가는 관객이라면, 그는 들러리 단역 정도만 맡을 뿐이다. 아! 스위스 농부든 위그노 신사든, 혹은 이집트 병사 배역을 맡는다 해도 그에게는 마찬가지일 것이다. 사실상 그는, 머릿속으로는 자기 할 일을 생각하면서 노래 부르는 다른 이들에게 묻어가기 위해 입만 뻥긋대고 있는 오페라 극단의 합창단원과도 같다. 필요한 제스처는 모두 취하고 양보할 일이 생기면 망설이지 않는다.

비가 올 때면 그는 우산을 펼치고 바짓단을 걷어 올린다.

마차는 잘 타지 않고, 마부들의 거친 말에는 답하지 않는다.

건물 관리인에게 인사를 하고 안부를 묻는다.

종종 신문팔이 소년이나 거리의 악사를 에워싼 인파에 섞여 들기도 한다.

마차 사고에 대한 증언도 여러 번 했다.

하지만 무엇보다 장 데제르에게는 그만의 큰 미덕이 있다. 기다릴 줄 안다는 것이다. 한 주 내내 그는 일요일을 기다린다. 직장에서는 승진이 되기를 기다리며, 또 은퇴를 기다린다. 은퇴 후에는 죽음을 기다린다. 그에게 삶이란 삼등칸 승객들을 위한 대기실과도 같다. 표를 받고 나서는, 더 움직일 필요 없이 승강장을 오가는 한 무리의 사람들을 바라보는 것 외에는 딱히 할 일이 없다. 기차가 떠날 때가 되면 직원이 그에게 알려 줄 것이다. 하지만 여전히 어느 역으로 향하는지는 모른다.

장 데제르는 야망에 찬 사나이가 아니다. 그는 별이 셀 수 없이 많다는 사실을 알고 있다. 따라서 그는 한가한 저녁이면 달리 할 일이 없기에 강둑의 가로등을 세는 것으로 만족한다.

장 데제르는 질투가 많은 사람도 아니며, 진리를 알고 있다는 이를 부러워하지도 않는다. 그러나 때때로 그의 친구인 레옹 뒤보르잘(안정된 삶을 사는 수재)을 부러워한다. 에콜 피지에*졸업 후 속기(速記)를 할 줄 알고 매일 에스페란토**실력을 늘리고 있는 그는 삶에 정면으로 부딪쳐 헤쳐 나갈 줄도 알아 사업을 성공적으로 이끌어 갈 테니 말이다.

　그렇다. 장 데제르는 자신의 운명에 체념했다. 그는 서두르지 않고 자기 집 근처를 한 바퀴 돌면서 정원의 규모가 컸으면, 화단의 흙이 비옥했으면, 혹은 전망이 좋았으면 하는 따위의 모든 기대를 일체 버렸다. 그는 마음을 비우고, 마지못해 집세를 낼 때는 기분 전환을 위해 두 손을 주머니에 넣고 화단을 따라 걷는다. 이때 그는 아무것도 신경 쓰지 않고 나쁜 생각도 하지 않는다.

---

* 　　비즈니스 스쿨로, 석사 과정까지 운영하고 있다.
** 　　1887년 폴란드 안과 의사 라자로 루드비코 자멘호프 박사가 창안한 국제 보조어.

일과

한 마디로,
사물의 본성과 경험이 나에게 일깨워 준 것은,
세상의 모든 좋은 것들은
우리에게 쓸모 있을 때만 좋다는 점이다.
- 『로빈슨 크루소의 모험』 16장 -

I

비가, 가을비가 끊임없이 내리기 시작했다. 파리에도, 근교에도, 지방에도, 여기저기 비가 온다. 길가에도, 광장에도, 삯마차와 행인들에게도 비가 내리고, 비가 필요하지 않은 센강에조차 비가 내린다. 기차들은 역을 떠나고 호루라기는 울린다. 또 다른 기차들이 그 자리를 메운다. 사람들은 떠나고 돌아오고, 태어나고 죽는다. 이 세상을 살아가는 영혼의 수는 언제나 같을 것이다. 이제 아페리티프*를 마실 시간이다.

사람들은 살아가고, 돌아다니고, 서로를 알지도 못한 채 쇼윈도 불빛 아래에서 스쳐 지나간다. 수천 개의 발이 오가며 동네마다 진흙을 뒤섞고 짓이겨서 덩어리 지게 만들어 놓으니, 다음 날 아침이면 여전히 축축한 신발을 솔로 닦아 내

---

* 입맛을 돋우기 위해 식사 전에 마시는 술.

야 한다. 거리의 상인들은 석간신문을 사라고 소리친다.

"니카라과에서 혁명이요!"

"증권거래소 소식이요!"

"호외요!"

"공증인 한 명이 뇔리에서 차에 치였답니다!"

"미국에서 공장이 폭발해서 300명이 죽었답니다!"

하지만 이건 장 데제르에게는 너무나 동떨어진 이야기다.

장 데제르는 우산을 접는다.

그리고 집 근처, 박가(街)의 어느 카페에 들어선다. 출입문의 불투명한 유리창에는 이렇게 적혀 있다.

셴두아

커피, 우유, 초콜릿

달걀 요리 상시 가능

오늘의 요리

내부에는 두 개의 조명만 불을 밝히고 있는데, 하나는 흰색 앞치마를 두른 셴두아 부인의 계산대 위에 걸려 있고 다른 하나는 안쪽의 어두운 공간을 비추고 있다. 장 데제르는 비 때문에 평소보다 일찍 왔다. 그러나 할 일이 있었던 레옹 뒤보르잘이 한발 앞섰다. 그는 재빠르게 음식을 먹으며 『누벨 스포르티브』를 읽고 있었는데, 붉은 신문지 더미가 대리석 테이블 위에 펼쳐져 있다.

"뭐, 새로운 소식이라도 있나?" 장 데제르가 묻는다.

"아, 맞다…. 일요일에 벨디브*에서 사이클 경기가 시작된다네."

"아!"

장 데제르는 냅킨을 펼치고 메뉴판을 훑어본다. 매일 저녁 그렇듯이 건강을 위해 달걀 두 개를 주문한다.

"롤러스케이트 경기도 한다는군." 레옹 뒤보르잘이 덧붙인다.

삼 년 가까이 같은 장소에서 식사를 해 왔다는 이유만으로 레옹 뒤보르잘은 장 데제르와 친구가 되었다.

그는 장 데제르의 유일한 친구인 셈이다. 그러나 그들은 오직 식당에서만 만난다. 그들은 저녁 식사 때 서로의 장식물과도 같다. 한 명이 말하면 나머지 한 명이 들어 주는 식으로.

---

* 파리의 동계 사이클 경기장. 2차 세계대전 당시 독일 점령 아래의 비시 괴뢰정부에 의해 검거된 유대인들의 임시 수용소이기도 하였으며 1959년 철거되었다.

"오늘 아침에 보험계약이 성사되었네. 한 개인 병원에서였지. 의사가 일반 환자들과 함께 나를 맞이해 주더군. 중요한 건 정성껏 잘 차려입는 거야. 왜냐면 첫인상이 좋아야 하거든."

혹은,

"젊은이 하나를 알게 되었어. 인맥도 괜찮고, 절대 이상한 놈은 아니더라고. 조만간 불바르* 쪽에서 같이 점심 먹자고 초대할 셈이야. 아마 한 번은 자기가 사겠지."

또,

"자네, 마르셀이라는 조그만 여자 알지? 몇 번 얘기했었잖아, 페가(街)에서 일한다고. 하! 그래, 이 사람아. 웬 놈이 그 여자를 먹여 살린다고 하네. 여자한테 돈을 대 주는 건 너무 멍청한 짓이야. 난 여자랑 함께 외출하는 시간조차 아깝다고."

"이 책은 뭔가?" 장 데제르가 친구의 접시 옆에 놓인 노란색 소책자를 가리키며 묻는다.

---

* 그랑 불바르. 프랑스어 '불바르'는 '대로'라는 뜻이지만, '그랑불바르'는 파리의 2구, 9구, 10구 사이에 위치한 여러 극장들이 즐비한 동네를 지칭한다. 1869년부터 운영 중인 극장 '폴리베르제르'를 비롯하여 영화관 '그랑렉스' 등 오래된 극장들과 실내 파사주의 독특한 상점, 음식점들이 많다.

"새로 나온 속기술 입문서인데, 아주 깔끔하게 잘 썼어. 재밌는 연습문제가 많아. 예를 들어서, 이 예문은 '이', '에', '애' 소리랑 반모음 '이' 소리를 받아쓸 때 어떻게 활용하면 되는지 이해할 수 있게 해 주거든. 몇 줄 읽어 주겠네, 봐 봐. 어떤 수녀 이야기야.

「낮 12시 반경, 무언가에 사로잡힌 듯 공포에 질린 수녀가 소리친다. '여기가 이렇게나 밝다니? 전기가 비추는 것인가! 영원의 빛인가! 내가 헛것을 보는 것인가! 이 무슨 신비하고도 당혹스러운 일인가? 경이로움인가? 천상의 날개는 신성한 리라를 연주하여 울려 퍼뜨리고, 비밀스러운 낙원의 동정녀들이, 이 땅에서 추방당한 동정녀들이 끝없이 반복하는 찬가의 수천 구절을 노래하고 있네.」별거 아닌 것 같지만, '오'와 '위' 소리, 게다가 '아' 소리와 이중모음 '에' 소리도 나오지 않아.* 아무튼 참 잘 썼어."

---

*   본문에 나오는 예문(홑낫표)의 원문은 다음과 같다.

    Mais vers midi et demi, saisie et effrayée, elle s`écrie : Qu'il fait clair ici ? Est-ce le jet de l'électricité ! Est-ce le reflet de Véternité ! Est-ce le délire ! Que de mystères et de perplexités ? Que de merveilles ? l'aile légère des esprits célestes fait vibrer les lyres divines et les vierges des cités mystiques redisent les mille et mille versets des hymnes bénies que ne cessent de répéter les vierges exilées de la terre. 해당 예문은 특정 모음이 들어간 단어를 속기로 받아적는 연습을 위해 인위적으로 작성한 것으로, 원어를 살펴보면 모음 o, u, a를 제외하고 i, é, è, ll, ai 만 활용하고 있다. (다만 a의 경우 문장 맨 마지막에 한 번 등장하는데, 프랑스어에서 정관사에 해당하는 la 없이 문장을 쓰기는 불가능하기에 예외적으로 허용한 것으로 보인다.)

"확실히 그렇군. 일은 순조롭지?"

"일 배우는 건 쉽네. 가끔 공부하느라 집중력이 흐트러지기는 하지만 말이야. 게다가, 앞으로 무슨 일이 닥칠지 모르겠어. 사업할 때는 여러 경우의 수를 생각해 두고 있는 게 좋지."

레옹 뒤보르잘은 식사를 마쳤다. 그는 일어선다.

"가려고?"

"가야 해. 잠깐 일하고 제때 자야 하거든. 내일 아침에 일찍 일어나야 해."

"뭐 때문에?"

"먹고살아야지."

"내일?"

"내일도 좀 벌고, 모레도 또 벌고."

"재미있나?"

"흥미롭지."

깊이 들여다보면 그와 나, 우리는 똑같은 종류의 인간이라고 장 데제르는 생각했다. 이 친구는 잘 모르겠지만. 커피 한 잔을 마셨지만 비는 여전히 내린다. 어디로 가야 할지 망설이던 장 데제르는 집으로 돌아간다.

그는 석유등을 켜고 테이블 앞에 앉는다. 맞은편 창문 커튼 너머로 프티생토마 백화점 간판의 환한 불빛이 마치 등대의 조명처럼 반짝이다가 이내 꺼졌다가 다시 하얀색으로, 그리고 잠시 후 빨간색으로 빛을 발한다.

옆방의 괘종시계가 30분마다 웅장한 소리를 낸다. 4층에 사는 퇴역 장군이 한 손가락으로 〈아! 엄마에게 말씀드릴게요.〉*라는 피아노곡 연습을 재개한다.

장 데제르는 비망록으로 삼은, 가장자리에 금박이 입혀 있는 수첩을 펼친다. 10월 10일, '폴랭 성인의 날'이라고 적힌 페이지에 그는 이렇게 적는다. "아무 일도 없음". 그리고 담배를 한 대 피운다. 잠들기 전 이보다 더 나은 할 일은 없기 때문이다.

---

*　모차르트가 1778년 프랑스 파리에 도착했을 때 프랑스의 민요인 〈아! 어머니께 말씀 드리죠〉를 듣고 이 노래의 멜로디를 바탕으로 만든 12개의 변주곡이다. 동아시아에는 〈반짝반짝 작은 별 변주곡〉, 혹은 〈작은 별 변주곡〉으로 알려졌다.

II

장 데제르의 사무실에 들어서면, 가장 먼저 난로 파이프를 골판지 상자 위의 벽에 닿게 하기 위해 어쩔 수 없이 꺾어 놓은 쓸데없는 모습에 대해 잠시 언급해야 한다. 이 난로는 단지 장식으로 놓여 있는 것이 아니다. 겨울에는 중요한 역할을 한다. 심부름하는 소년이 아침마다『로피시엘』신문 한 부를 가지고 불을 지핀다. 난로는 온종일 조용히 타오르고, 그동안 주석 도금된 주전자에서는 미지근하게 데워진 물이 천천히 증발한다. 그의 내면세계는 그를 둘러싼 은은한 온기, 그리고 무엇보다도 매일 쓰는 잉크와 낡은 종이, 그리고 악취에 섞인 석탄 냄새를 통해 구체화된다.

난로 외에도 장 데제르에게는 또 하나의 친구가 있다. 그걸 굳이 묘사할 필요가 있을까? 누구도 장 데제르를 보지 못한다. 그는 류머티즘 때문에 외풍을 신경 쓰기 때문에 회색

종이로 세워 놓은 바람막이 뒤에서 남모르게 생활한다. 그는 보통 만년필의 서걱거리는 소리 외에는 그 어떤 소리로도 자신의 존재를 드러내지 않는데, 오래전부터 자기 동료와 외교 정책이나 독일의 재무장에 관해 대화할 생각을 버렸기 때문이다.

오늘 장 데제르는 평소처럼 집중하여 주어진 일을 시간 안에 끝냈다. 이제 퇴근까지 약 45분이 남았다. 그는 소나기에 씻긴 창살문 밖으로 매우 반짝이며 고요하기까지 한 바노가(街)를 내려다본다. 그는 더럽지만 닦아 낼 수 없는 천장을 바라본다. 그는 자신의 테이블을 바라본다. 도장과 글자를 지우는 칼, 풀, 잉크병 등 모든 게 가스등 아래에 질서 정연하게 놓여 있다.

압지(押紙) 위의 잉크 자국이 마치 사람 머리 모양으로 보인다.

장 제데르는 그 위에 파이프와 모자를 올려 더욱더 사람처럼 보이게 만든다. 그때 한 가지 생각이 그의 머리를 스친다.

'시를 써야겠어. 이렇게라도 시간을 보내야지.'

그는 표제가 적힌 큼지막한 종이를 한 장 꺼낸다. 맨 위에 크게 "시"라고 적고, 글을 쓰기 시작한다.

저녁이 종이비행기의 초록색 날개에 드리우고,

가스등의 황금빛 광채가 빛을 발할 때,

나의 영혼은 느끼리라, 앞으로 다가올 모든 날들을

좋지도 나쁘지도 않고, 지금처럼, 변함없이 이대로….

바람막이 뒤에서 들려오는 옆 사람의 소리가 그를 방해한다. 그의 동료가 말을 건다는 것은 급한 일이 있다는 것이다.

"데제르 씨! 잠깐 말 놓아도 되죠? 이봐, 자기가 이 길 이름처럼 성이 바노 씨고, 집에 갈 때가 되었다고 가정해 봐. 그러면 내가 자기를 들여다보면서 이렇게 말할 텐데 말이야. '바노, 집에 가노?' 어서 가 봐!"

"상상력이 제법인데!"

장 데제르가 대답한다.

"이 정도는 별것 아니야. 부사관들과 식사하면서 훨씬 더 많이 찾아냈다고."

다시 침묵이 자리 잡는다. 그리고 문이 반쯤 열린다. 상사인 베누아 차장이 슬그머니 나타난다. 그는 평범한 키에 머리카락은 회색, 얼굴빛도 잿빛, 커프스도 회색인 냉정한 인간이라 할 수 있다. 게다가 항상 말을 질질 끌면서 연필이든

불이 꺼진 시가든 무언가를 입에 물고 있다.

"데제르, 자네 20일에 유산관리과에서 받은 메모 갖고 있나?"

"한번 찾아보겠습니다, 차장님."

기적적으로, 문제의 메모는 제일 먼저 펼친 서류철에 꽂혀 있다. 베누아는 그것을 집어 들고서 왔을 때처럼 아무 말 없이 물러난다.

"진짜 필요해서 온 것이라 믿지 마세요."

바람막이 뒤에서 목소리가 들려온다.

"그냥 당신이 아직 사무실에 있는지 확인차 온 거예요. 난 저 사람 오래 봐 왔거든요."

장 데제르는 자신의 덧없는 시를 계속 써 내려가고자 한다. 두 줄을 더 쓴다.

막연한 역할을 의식하며, 나는 또 다른 숨을 내쉰다.

죽을 때까지 계획서를, 보고서를, 메모를 작성하게 될 거야.

짧은 영감은 곧 소진되고 만다. 그는 더 쓰려 애쓰지 않는다. 그는 무언가를 절대 애써서 하지 않는다. 그는 종이를 공처럼 구겨 쓰레기통에 던져 넣는다.

아직도 20분이 남았다.

그는 중학교 자습실에서 비슷한 순간들을 보내며 인내심을 배웠던 것을 떠올린다.

'그 후로 먼 길을 왔군.' 그는 속으로 생각한다.

오, 장 데제르, 당신은 빈 벽을 바라보며 도대체 얼마의 시간을 보냈는가! 그리고 앞으로 얼마나 더 보내야 하는지….

III

볼테르 부두의 헌책 장수들에게 장 데제르는 여름 오후 끝 무렵에 딱히 책의 분야를 가리지 않으며 영어 문법책이나 경도국* 인명부의 한 부분을 훑어보곤 하는, 교육 잘 받은 청년 정도로 보일 것이다. 하지만 그는 여러 책 중에서 소설을 골라 목차를 찾아보곤 한다.

'내가 글을 썼다면.' 그러면서 그는 생각한다.

'콩트나 아주 짧은 단편소설집만 쓸 텐데. 이 작가들은 현실 개념이 없단 말이야. 자기 작품들의 피할 수 없는 운명을 —나라면 예상할 텐데— 거의 예측 못 하고 있어. 어쩌면 미래의 독자가 될 수도 있는 강변 난간에 서 있는 행인들에게 이렇게 많은 장으로 이루어진 줄거리에 흥미를 느끼라고 요

---

* 1795년 6월 25일 법령에 따라 설립된 프랑스 과학 기관으로 해상 항법 개선, 시간 측정 표준화, 측지학 및 천문 관측을 담당했다.

구하는 것은 타당한 생각일까? 이 점에 대해서는 시인들이 더 잘 이해하고 있는 것 같군. 시인들이 무슨 말을 하고 싶어 하는지는 빨리 이해가 가잖아. 심지어 일부러 그러는 것도 아닌데.'

하지만 장 데제르는 이런 상념에 오래 잠기지는 않는다. 그에게 정말 중요한 것은 무엇인가? 건강을 위해 그는 저녁 식사 전 6시부터 7시까지 산책을 한다. 일정한 보폭으로 책들이 잠들어 있는 상자 옆을 스쳐 걸어가면서 그것들이 마치 수많은 배를 침몰시킨 폭풍우가 한바탕 휩쓸고 간 후의 물 빠진 해안가와 닮아 있다고 생각하지만, 결국에는 인간의 야망이 얼마나 허무한가 하는 안이한 생각에 다다른다. 그게 전부다. 그의 생각은 그 이상 나아가지 않는다.

그러나 이렇게 생페르 다리에서 루아얄 다리까지 강변을 지나가는 순간들을 통해 그가 아무것도 얻지 못한다고 생각하면 오산이다. 왜냐, 어느 날은 그가 5수*짜리 책들의 더미 속에서 18세기 런던에서 인쇄된 『공자의 교훈, 중국 철학』이라는 제목의 얇은 책을 찾아냈기 때문이다.

---

* 　수(sou)는 현재는 사라진 프랑스 화폐 단위로, 5수는 5상팀에 해당한다. 현재 화폐 가치로 환산해 보면 약 2,500원 정도다.

머리말에는 다음처럼 쓰여 있었다.

"대중에게 선보이는 작품은 그 페이지 수만 보면 작은 것이지만, 그 안에 담긴 내용이 얼마나 중요한지 생각해 본다면 아주 거대한 것이 된다."

그는 아무 페이지나 펼쳐 격언 몇 개를 읽었다.

"훌륭한 관료는 부모를 공경해야 한다." 첫 번째 격언은 이렇게 단언하고 있었다.

"현명한 이가 섬겨야 할 세 가지가 있으니, 하늘의 법칙과 위대한 인물, 그리고 의로운 자들의 말이다." 두 번째 격언은 이렇게 말했다.

장 데제르는 이 두 가지 격언의 의미와 적절함을 곱씹어 보았다. 그가 도덕적 삶의 지침으로 삼은 원칙과 정확히 맞아떨어졌다. 그러나 그의 눈길을 사로잡은 것은 세 번째 문장으로, 이것이야말로 자신이 생각하는 이 세상에 대한 모든 이해를 종합해 놓은 듯 보였다.

"고통에 대한 어떤 해결책도 찾을 수 없을 때는, 찾는 것이 무의미하다."

그는 이 책을 살 수밖에 없었고, 집에 돌아와서는 촛대와 오렌지꽃이 담긴 물병 사이의 침대 옆 탁자 위에 놓았다. 그 후로도 그는 이 책을 일상의 지침서로 삼아 계속해서 들여다보고 있다.

IV

앞서 언급했듯이, 수많은 백지 중 장 데제르가 매일 밤 끝
무렵에 단상을 적는 비망록의 몇몇 페이지는 반듯한 글씨(장
사치나 공무원 같은 필체)로 뒤덮여 있다. 그 어떤 노련한 필
적 감정사라 할지라도 거기에서 광기라든가 천재적 재능을
읽어 내지는 못할 것이다. 하지만 몇몇 페이지에서 발견되는
글은 기록으로서나 일화로서의 가치가 있으니, 여기에서 다
시 꺼내 볼 필요가 있다.

19...년 11월 15일 — 일요일

안 좋은 날씨에 감기 기운이 약간 있음.

아침에 일어났을 때 편지를 두 통 받았다. 첫 번째 편지는
거래 중인 석탄 도소매업자에게서 온 것이다. 두 번째는 관
공서 직원들에게 외상 거래를 해 준다는 맞춤옷 재단사에게

서 왔다.

그리고 나서 부엌 찬장을 (튀르키예 레드 색으로) 다시 칠했다. 페인트공이란 행복한 직업이다. 그들은 자기가 어떤 일을 하는지 생각할 필요가 없다. 그리고 그들의 작업은 즉각적인 결과를 얻을 수 있다.

10시 30분에 앙젤이 방을 청소하러 왔다. 잠시 대화를 나눴는데 창고 관리직인 그녀의 막내딸이 술은 입에도 대지 않는 성실한 전기기사와 결혼할 것 같다고 했다.

점심 대충 때움. 그리고 파이프를 한 대 피움. 마르몽텔의 『잉카족』 3권을 읽기 시작함. 감기 때문에 차를 아주 뜨겁게 데워 마심.

4시에서 5시 사이에 삯마차를 끄는 말 세 마리(그중 하나는 흰색이었다)가 집 앞의 젖은 도로에서 미끄러졌다. 다친 말은 없었다.

6시 15분쯤, 초인종이 울린다. 상복을 고상하게 차려입은 한 젊은 여인이 수습 변호사인 모로 씨를 찾지만, 그 사람은 아래층에 있다. 나는 장 데제르인걸. 누가 나를 보러 오겠는가?

7시, 평소처럼 셴두아 간이식당에서 저녁 식사. 레옹 뒤보르잘은 재킷을 입고 있다.

그는 콧수염을 다듬었는데 미국식 스타일이 잘 먹힐 거라고 말한다. 이제 그는 새로운 장신구를 달고 있는데, 1889년 만국박람회 때 받은 동메달이다. 메달에는 이렇게 쓰여 있다. "에펠탑 첫 등반 기념". 푸아티에서 세무 일을 맡았고 그와 마찬가지로 과학과 진보를 사랑했던 삼촌에게서 물려받은 메달이다.

저녁을 먹고 나서 레옹 뒤보르잘은 내게 말한다.

"일요일 저녁에 이렇게 빨리 잠자리에 들 순 없지. 한 바퀴 돌러 가세." 우리는 자리를 뜬다. 레쾨블리크 광장에서 따뜻한 우유를 한 잔 마시러 메르데메르베이*로 들어간다. 이 카페에는 계산대 대신 돛단배가 놓여 있다. 벽에는 해저를 표현하기 위해 굴 껍데기들을 박아 놓았다. 그것은 아주 독창적이면서도 제법 그럴싸하다. 레옹 뒤보르잘은 잠수함을 타고 다니는 장교가 되고 싶다고 한다. 이제는 전혀 놀랍지도 않다. 참 관심사가 많다. 11시경 귀가. 이제 자정이다. 자러 가야지.

---

* '환상의 바다'라는 뜻

때로는 이 일지에 다음과 같은 간단한 메모를 적어 놓기도
했다.

19...년 1월 30일

같이 일하는 뒤부아 씨가 이번에 교육 공로 훈장을 받아 진
급한다. 국장은 그의 사무실에 모인 직원들 앞에서 뒤부아
씨를 위해 짧은 축하의 말을 전할 예정이다. 질투를 느끼는
건 아니지만 공자의 격언이 생각난다.

"위대한 자리나 높은 벼슬에 오르지 못했다고 슬퍼하지 말
지어다. 오히려 당신이 그 자리에 오를 만큼 훌륭한 인물이
아니라는 것에 대해 한탄하라."

19...년 2월 8일

겨울비가 줄기차게 내리니 내가 내 발로 나가게 될 일은 없
을 것이다.

5월 5일 — 일요일

지방선거. 초등학교에 가서 투표했다.

7월 14일

노트르담에 국기가 걸렸고, 교차로에서 팡파르가 울려 퍼졌다. 하지만 나는 춤을 못 추는데….

기타 등등.

장 데제르가 꼭두각시 인형이라면 줄이 몇 개 떨어졌다고 말할 수 있을 듯하다. 그리고 정말이지, 우리 운명의 주인께서는 항상 같은 줄만 당기고 계시는 것 같다.

V

장 데제르는 예의를 차리기 위해서도 그렇지만 쏠쏠한 재미를 위해서라도, 돈을 헤프게 쓸 듯한, 남루한 차림에 머리가 벗겨진 노인들이 길거리에서 나눠 주는 전단을 절대 거절하는 법이 없다. 그는 전단들을 모두 챙겨 주머니에 뭉치째 구겨 넣는다. 그리고 집에 돌아와서는 손수건을 찾아 뒤적이다 그것들을 발견한다. 그러면 다시 잘 펴서 몇 장인지 세고 정리해 놓는데, 그중에서 제일 흥미로운 것만 간직한다.

어느 토요일 저녁, 잠자리에 들기 전에 서류를 살펴보던 그는, 일요일 하루를 창의적이고 유익하게 활용하기 위해서는 공짜로 받은 이 종이 뭉치들에 쓰인 조언을 따르면 된다는 것을 깨달았다. 그다음 날, 니켈 도금된 그의 자명종은 평소보다 일찍 그를 깨웠다. 그는 침대에서 내려와 슬리퍼를 신고 창문을 연 뒤 재빨리 화장실로 들어가 세면대 앞에서 노래를 흥얼거렸다. 이 노랫말은 별다른 뜻 없이 그가 오랫동안 불러 온 것으로, 매일 자기 기분에 따라 약간 다른 느낌으로 변주한다.

모나코에서는

사냥하고 또 사냥하지

모나코에서는

필요한 만큼만 사냥하지

그리고 그는 길가로 나와 라탱 지구로 향했다. 그날은 ― 1년 내내 자주 찾아오는 ― 기압계의 바늘이 계속해서 '불안정'에 멈춰 선 날 중 하루였다. 그래도 좋은 날이었다. 무엇보다 일요일이라는 사실 하나만으로 많은 것이 설명된다.

아침의 차가운 먼지 냄새가 피어오르는 생미셸 대로를 따라 이미 행인 몇 명이 여기저기에 보였고, 몇몇 (체리 철이 다가오고 있으니) 사람들은 풀밭에서 점심 식사를 하려고 서둘러 이동하고 있었다. 또 다른 몇몇은 밤을 지새우며 맛본 담배와 포도주 등 쾌락의 즐거움을 입안 가득 머금은 채 집으로 돌아가는 중이었다. 물론 우리는 어디로도 가지 않는 사람들이나 몽루주에서 동역(東驛) 사이를 오가는 트램을 기다리는 사람들, 도로에 물을 뿌리는 청소부들, 혹은 이들을 지켜보는 경찰관에 대해서는 할 이야기가 없다. 신문 가판대 근처에서 마치 미치광이들이 지혜를 파는 것처럼, 한 노파가 꽃을 팔고 있었다. 장 데제르는 봄이 왔다는 것을 실감하기 위해 노파의 바구니에서 그 계절에 처음 피어난 은방울꽃 두 줄기를 골라 단춧구멍에 꽂았다. 게다가 하루 전부를 머리 식히는 데 투자하기로 마음먹었기 때문에 비용을 아끼지 않았다. 그래도 질서 정연하게 진행하는 것이 바람직했다. 첫 번째 전단에 이런 문구가 쓰여 있었다.

동양식 목욕탕

온탕, 남녀 모두 이용 가능

상시 운영

최신 편의 시설

시각장애인 안마사들

주소는 몽주가(街)로 되어 있었다. 망설일 이유가 없었다.

얼핏 호텔은 비잔틴 양식의 출입문부터 연회장을 뒤덮은

42

붉은 벨벳까지 광고 문구에서 언급한 편의를 충실히 재현하는 듯했다. 머리부터 발끝까지 점잖게 차려입고 이러한 느낌을 더욱 강조하려는 듯 뿔테 코안경을 쓴 젊은 여인이 장 데제르에게 금속 토큰을 건네며 정중히 대기해 달라고 요청했다. 다양한 연령대, 다양한 모습의 사람들의 차례가 지난 후 마침내 그의 순서가 되었는데, 앞 사람들은 모두 주일의 쾌적한 아침을 맞으려고 이곳에 모여든 것이었다. 로마 병정 같은 소매 없는 옷을 차려입은 소년이 그를 탈의실로 안내했다. 그곳은 구리로 만든 수도꼭지 두 개가 폭포 같은 물줄기를 쏟아 내고 있었고, 아래쪽 욕조에서는 김이 올라왔다. 장 데제르는, 평일에는 종일 집에 머물던 안마사가 유독 일요일에만 시내로 나와 바쁘게 일한다는 사실을 알게 되었다. 그는 늘 마음에 품고 있던 금욕주의 철학을 통해 이 좌절을 받아들였다.

'내가 바로 풀어내지 못할 난제가 또 생겼군.' 지상으로부터의 중압감에서 벗어난 자신의 야윈 몸을 따뜻하고 투명한 물속에서 이완시키며 그는 생각했다.

'시각장애인에게 마사지를 받든 안 받든, 이 고상한 일이 로마의 퇴폐적인 문화에서 유래되었다고는 하지만 정말로 나에게는 무슨 의미가 있을까? 그렇지만 반드시 알고 싶은 점이 하나 있군. 광고지에 시각장애인 안마사'들'이라고 쓰여 있는데 (광고에서 명시한바) 이 전문가의 운명이 내 흥미를 엄청나게 끈단 말이야. 그 사람이 실명했다는 사실이 경력에 걸림돌이었을까? 열악한 상황에서 자신의 분야에 정통할 때까지 고군분투했을까? 그 반대로 (난 이것이 옳다고 생각함) 이 열악함이 특별한 자질을 부여함으로써 소명을 정해 준 게 아닐까? 그들은 촉감이 상당히 발달했다고 하잖아. 게다가 이 불쌍한 사람이 시력을 박탈당했을 수도 있지만, 그게 새 사냥꾼이 방울새에게 노래를 부르게 만들려고 눈을 멀게 하는 방식과 비슷한 이치일 수도 있겠어. 마지막으로, 그 안마사가 마르셀 프레보가 말한 유명한 피아노 조율사에 대해 내가 그려 본 이미지와 닮았을까?* 내가 알고 싶은 건 이게 전부야.'

벨이 울린 후 들어간 칸막이실에서 장 데제르는 온기가 스며 있는 가운을 전해 주는 소년에게 이런 질문을 할 수도 있었을 것이다. 그러나 잠시 머뭇거리다 훗날의 즐거움을 위한

---

* 소설가이자 극작가인 마르셀 프레보(Marcel Prévost)가 1905년 출간한 책 『눈먼 조율사(L'accordeur aveugle)』를 떠올리고 있다.

질문거리로 남겨 두는 것이 좋다고 생각했다. 그는 "합리적 가격의 공용 화장실, 커트 50상팀, 수염 25상팀, 소독 치료"라고 적힌 문구에 이끌려 포부르몽마르트르가(街)에 있는 이발소에 가기로 결심했고, 이것이 그의 두 번째 일과가 되었다.

그곳에서 그는 툴루즈 출신의 사장에게 직접 안내받는 호의를 누렸다. 사장은 여가 시간에 테너로 노래를 부르는데, 외모가 너무 고전적이어서 전통과 질서를 소중히 여기는 장데제르의 환심을 샀다.

"선생님, 머리 자르러 오신 거죠?" 이발사가 새로운 단골에게 자리를 권하며 말했다.

"어떻게 해 드릴까요?"

"지금이랑 똑같이요." 장 데제르가 답했다(그는 선택하는 걸 피하고 싶었다). "아니면 사장님 마음대로 해 주세요."

"저희는 무엇보다 고객 만족이 우선입니다. 손님이 자신에게 어울리는 게 무엇인지 아셔야 하니까요. 그러면 어떤 식으로 머리를 만져 드릴 수 있을지 알려 드릴까요? 보시다시피, 가운데 가르마에 옆을 바짝 올린 복싱 선수 카르팡티에의 사진입니다. 최근 유행하는 데다가 스포티해서 특히 젊은

이들이 많이 찾습니다. 그렇지만 이 스타일은 추천하고 싶지 않습니다. 일단 콧수염을 깎는 데 동의하셔야 하니까요. 아, 제가 사람 얼굴 하나는 기가 막히게 보는데, 손님의 턱뼈는 충분히 발달하지 않았을 뿐만 아니라 턱도 약해서 어울리지 않을 겁니다.

이것은 영화 〈사생아〉에 나온 배우 앙드레 브륄레의 사진이에요. 옆머리가 갈라지면서 귀 위쪽으로 볼륨감이 있습니다. 이런 스타일은 아주 조심스럽게 손봐야 해요. 덧붙이자면, 보통은 여성분들이 선호합니다. 손님은 머리카락이 억센편이라 이 스타일도 권하지 않겠습니다. 사람들은 이발사의 역할을 잘 모르고 있답니다. 고객님, 감히 말씀드리는데 제 의견을 주의 깊게 경청해 주신다면 제 기술로 최상의 결과를 얻을 것이라 장담합니다.

물론, 고객님의 의견을 최우선시하여 마음에 드시는 스타일이 나오도록 하겠습니다. 예술가 스타일로 보자면 카풀, 폴뤼스, 마욜, 로스탕 같은 스타일. 아니면 쇼트커트로 칠 수도 있죠. 마지막에 말씀드린 대로 하면 이마가 좀 더 넓어 보이고 두상을 보완해 줄 거예요. 위쪽이 좀 평평하니까, 그렇지 않나요? 뭐, 늘 하던 것에서 벗어나고 싶고, 뭔가 새롭고

개성 있는 것을 원하신다면….”

 “사장님, 그냥 짧게 깎아 주세요.”

 “아주 좋아요, 그럼 이렇게 하시죠. 샤를 보들레르 스타일!”

 이발사는 자신에게 전권을 넘겨준 청년에게 의욕적으로 외쳤다.

 이발이 거의 끝나 갈 즈음에, 그는 일을 빨리 끝낼 생각으로 너무 성급한 결정을 내린 것이 자신의 실수임을 깨달았다. 머리를 짧게 깎으니 거울 속 그의 모습은 끔찍했다. 그러나 그의 청동빛 스틸 시계는 오전 11시 10분을 가리키고 있었다. 그는 보지라르가(街) 맨 끝에 있는, “채식 식당, 음주 일체 불가, 건강 특선 요리 — 낭비 없이 요리하기 위한 조리 기구와 주방 용구 — 통풍이 잘되는 내의 판매”라고 전단에 적힌 한 식당을 골라 점심을 먹기로 했다.

 ‘매일 축제일 수는 없지. 내가 파리에 있는 까닭은 초록색 서류 상자에서 멀어져 오직 산책하기 위한 것일 뿐이니까. 어쨌든 나는 계획했던 도로를 따라 걸을 거고 일정에서 벗어나지 않을 작정이야. 잘만 걸으면 제시간에 도착하겠지.’

 그는 길을 지나치고 지나 또 다른 길들을 지났다. 일요일의 정오. 도시는 죽어 있다. 사람들은 숲속을 산책하기 전 조부모님 댁에서 점심을 먹는다. 사람들은 시계추도, 싸구려 국물 요리도 쳐다보지 않는다.

간호사처럼 차려입은 한 여성이 장 데제르에게 메뉴판을 내밀었다. 생소한 요리들이 작은 글씨로 적혀 있었다. 음식은 벽 주위의 선반 위에 놓인 항아리에 저장돼 있는 듯했다. 산책을 해서 식욕이 돋았기에 그는 땅콩 크림, 잣으로 만든 대체육, 누톨렌,* 식이섬유, 숙주나물, 바나나 버터를 되는대로 골랐다.

하지만 음식 선택은 훨씬 복잡했다. 종업원은 메뉴판 뒷면을 가리키며 성인의 체중과 각 메뉴의 열량을 고려해 섭취해야 하는 적정 수치가 있다고 알려 주었다. '라퓨타**에 온 것 같군.' 장 데제르는 생각했다(그는 중학교 3학년 때 장려상을 받으면서 시상품으로 절판된 스위프트의 책을 받았다). 그래서 그는 조끼 안주머니에서 수첩과 연필을 꺼냈다. 처음 고른 음식의 열량을 모두 더하니 권장 섭취량에서 1,500칼로리 정

---

* 견과류로 만든 육류 대체품으로 주로 캔에 가루 형태로 들어 있으며, 식물 단백질과 식이섬유가 풍부하다.
** 조너선 스위프트의 소설 『걸리버 여행기』에 나오는 하늘에 떠 있는 섬이다.

도를 초과했다. 디저트와 앙트레* 하나, 채소 하나를 빼고 무를 넣어야 했다. 그는 재차 시도한 끝에 결국 정확히 계산해 냈다. 간호사 복장의 종업원이 주문을 받아적어 식당 안쪽의 주방으로 전달하자 주방 입구가 마치 찬장처럼 열렸다.

식당은 러시아 소녀들과 새하얀 머리칼의 덴마크인들 그리고 국적을 가늠하기 힘든 노인들로 점점 채워졌다. 그러나 무엇보다도 깊은 침묵이 좌중을 지배하고 있었다. 장 데제르의 옆 테이블에서는 눈에 띄는 긴 수염에 양 볼이 움푹 팬 남자가 앞에 놓인 둥근 빵을 얇게 자르고 있었다. 장 데제르는 그에게 무에 뿌릴 소금 통을 건네 달라고 요청했다. 남자가 너무 침울해 보여서, 그는 용기를 내어 몇 가지 질문을 던지기까지 했다.

"선생님, 빵만 드시네요?"

"통밀빵입니다. 여기서만 제대로 된 걸 먹을 수 있어요."

"식단 관리하시는 건가요?"

"그렇기도 하고, 아니기도 하죠. 사실 이게 현명한 사람에게 딱 맞는 유일한 음식이랍니다. 이것저것 다 시도해 봤거든요. 석 달 동안 매일 같이 바나나를 60개씩은 먹었답니다.

---
* 유럽에서 메인 코스 전에 제공되는 요리로, 주로 수프나 샐러드 같은 음식이다.

사고가 둔해지기에 빵으로 바꿨습니다."

"효과가 있나요?"

"성격이 아주 온화해졌어요."

장 데제르에게 재료를 가리키는 말들은 너무 어려웠지만, 소화가 잘돼서 식사에 대해 불평할 이유는 없다고 생각했다. 마무리로 그는 디카페인 커피 한 잔을 마셨고, 건강상 식당 내 흡연은 금지되었기에 오래 머무르지 않았다.

그때부터 오후 일과가 시작되었다. 오후 시간도 아침만큼 이나 알차게 보낼 예정이었다.

몰려드는 인파를 헤치며 시작된 걸음은 그를 세바스토폴 대로로 이끌었다. 바로 이 세바스토폴 대로와 레오뮈르가 (街)가 만나는 길모퉁이에서 엄청나게 예민한 통찰력을 지 닌 테레사 드 아를렘* 부인이 매일 아침 9시부터 저녁 8시까 지 손님을 받으며 결혼과 상속, 연애, 질병, 양육, 소송부터 가 까운 이의 죽음, 사업, 장사, 주식, 파산까지 모든 일에 관한 조언을 해 주고 있었다. 더군다나 그녀는 잃어버린 우정까지 되돌려준다. 건물의 중층 위로 네 개의 층을 올라 문을 두드 렸을 때 그 문에 고정된 에나멜 명판에는 이런 글이 적혀있었

---

*   네덜란드 암스테르담 근교의 도시다.

다.

"테레사 드 아를렘 부인, 당신은 마을에 행복을 많이 퍼뜨렸습니다. 사람들이 당신에게 어떤 질문을 하든, 그들의 기억 속에 당신은 언제나 약간의 희망을 남겨 주었지요."

장 데제르는 녹색 천으로 덮인 낮은 테이블 앞에 앉았다. 방은 소박하게 꾸며져 있었다. 오늘날 유리 액자에 담긴 사진과 졸업장, 메달, 인증서 등은 과거 검은 암탉이 그랬던 것보다 더욱 중요하게 여겨지는 듯하다.* 날이 갈수록 과학적 사고가 대중을 사로잡고 있다. 이 점쟁이에 대해 말하자면, 네덜란드보다는 남부 지역 출신인 듯 보였으며, 화려한 자태로 추측하건대 말년에 이른 지금까지 줄곧 타인들의 타로 운세만 봐 주면서 살아온 것은 아니라는 것을 알 수 있다. 장 데제르는 타로 점과 그녀의 예지가 얼마나 정확한지 굳이 따지고 들지는 않았다. 그는 미래에 거의 관심이 없었다. 과거에 대해서도 할 얘기가 그리 많지 않았다.

"지금까지 삶을 잘 이해하지 못했다."

그는 녹색 천 위에 부채꼴로 펼쳐진 카드를 보며 혼잣말을

---

* 전통적으로 검은 암탉은 마법사가 악마에게서 얻어 온 것으로 주술과 연관이 있다고 여겨졌다. 또한, 검은 암탉은 나쁜 일을 한 사람을 알아보고 울부짖는다는 이야기도 있다.

했다. 갈색 머리 청년, 돈 많은 노인, 우체부, 여행가, 상속자. 스페이드 10과 에이스 카드는 질병과 죽음.

"미지의 일들이 내 주변에서 얼마나 많이 일어나고 있는 건지! 이 모든 게 40수*도 안 들다니."

그래도 그는 미래에 검은 머리의 여자를 조심해야 하고 금발의 여자가 그에게 관심을 보일 거란 이야기를 듣기 전까지 자리를 뜨지 않았다. 게다가 삼촌이 곧 그에게 편지를 보낼 거라는 이야기를 들었다.

한 가지 덧붙이자면, 모든 점괘가 아주 좋게 나왔다. 그러나 그에게 내려진 세상 제일가는 황홀함과는 반대로, 시작하기 전에 소원 비는 것을 잊었다.

계단을 다시 내려가며 그는 슬슬 피곤해진다고 생각했다. 평소엔 온종일 앉아 있기만 하던 사람이 아침부터 너무 많이 돌아다녔다. 지하철 입구가 아주 가까이에 있었다. 그는 클리냥쿠르–포르트도를레앙 노선**에 몸을 내맡긴 채 몽파르나스까지 갔다.

전단(잊을 수 없는 감동의 두 시간! 첫 부분을 놓치신 분들은

---

*   현재 화폐 가치로 약 2만 원 정도의 가치를 지닌다.
**   현재 파리 지하철 4호선 노선과 같다.

다음 회차까지 기다렸다가 보고 갈 수 있습니다)에서 새로운 상영작과 러닝타임을 언급하며 추천해 준 개테가(街)의 영화관은 안에 들어섰을 때 노동자들과 어린 여자애들, 소상인들로 이미 가득 차 있었다. 좌석은 가장자리 쪽만 남아 있었다. 게다가 뭔가를 보려면 몸을 꼿꼿이 세워 앞쪽으로 기울여야만 했다. 그래서 그는 오케스트라의 피아노 소리를 듣고, 빛이 들어오는 휴식 시간 동안 프로그램의 설명을 읽는 것으로 만족했다. 빈자리가 생길 때까지 기다린 그는 막간을 이용해 좀 더 편안한 자리로 슬그머니 이동할 수 있었다. 스크린에 펼쳐진 장면은 교훈적이고 마음을 따뜻하게 했다. 세상을 떠난 주인을 잊지 못하는 홀로 남은 반려견이 기일마다 무덤에 꽃 한 송이를 가져다 놓는 이야기였다. 대부분의 관객이 영화의 단조로운 구성 때문에 지루해하기보다는 개의 충성에 감동한 듯했다. 하지만 어둠 속에서 작은 웃음소리가 들리는 것으로 보아, 몇몇 관객들은 영화에 집중하지 않고 어둠을 틈타 무언가 다른 짓을 한다는 것을 알 수 있었다.

아침에 따뜻한 물로 목욕을 한 탓일까, 술을 곁들이지 않은 점심을 한 탓일까? 장 데제르는 잠이 들었다. 그가 깨어났을 때, 한 무리의 카우보이가 인디언들과 전투를 벌이는 중이었는데 수족 추장에게 납치당한 동료의 연인을 되찾기 위한 것이었으므로 극장 전체는 카우보이 무리를 응원했다. 벌써 저녁 5시였다. 재밌게 놀 때는 시간이 빠르게 가는 법이다. 장데제르는 극장을 벗어나 길가로 돌아갔다.

그는 『라 파트리』 잡지를 사서 로슈포르의 글을 읽었다.

그는 마음을 다스리고자 많은 사람이 모여 있는 바의 계산대로 다가가 크림커피 한 잔을 주문해 마셨다. 그리고 다시 대로로 나간 후 최근에 온 전보를 읽기 위해 루즈뒤마탱 호텔 앞에서 멈춰 섰다. 7시에 그는 최근 개업해 한창 광고 중인 트론장벽 근처의 한 식당에서 샴페인을 곁들인 저녁 식사를 했다(2프랑 75상팀, 빵 무제한).

주머니 깊숙한 곳에 마지막 전단이 있었다.

북 약국

북역(北驛) 근처

혼동하지 마세요. 그 어디에도 우리가 축적한 경험과 조제약을 판매하는 곳은 없습니다. '북 약국'은 오직 여기에만 있습니다(매주 일요일 9시, 음악회로 꾸며진 건강한 성생활에 대한 강의가 열립니다).

그에게 저녁을 마무리 하기 위한 최선은 바로 이것이었다. 강의는 의자가 가지런히 놓인 가게 안에서 열렸다. 계산대에는 축음기를 올려놓았다. 관객은 경찰 두 명, 어느 과부와 그녀의 딸, 상점 직원 하나, 콜레주드프랑스*의 공개 강연에서도 만날 수 있는 노인들 여럿이 있었다.

약사는 노동계급에 초점을 맞춰 강연을 진행했다. 그는 몇 가지 안 좋은 습관이 노동자의 건강에 초래할 수 있는 해로움을 설명하고 이를 방지할 수 있는 다양한 방법에 관해서도 이야기했다. 그는 예방책을 강조했다. 조수 한 명은 축음기를 맡았는데, 강연자가 물을 마시기 위해 말을 멈출 때마다 스위치를 돌렸다.

11시쯤 소재가 바닥나자, 청중은 흩어졌다. 경찰 두 명이 가장 마지막으로 떠났다. 그들은 약사를 한쪽 구석으로 데려가더니 그에게서 앰플제형 두 병을 구매했다.

생제르맹데프레역으로 내려가던 중에 한 여인이 장 데제르의 팔에 손을 얹었는데, 그녀는 그다지 예쁘지도 않았고 다리를 약간 절었다.

---

*   1530년 프랑수아 1세가 창설한 고등 연구교육기관이다. 라탱 구역의 중심부, 파리 제5구 마르슬랭-베르틀로 광장에 있다.

"나랑 즐기다 가요." 그녀가 말했다. "바로 여기 살아요."

"그럴 수 없어요." 그가 여자에게 대답했다. "오늘 하루 계획한 일이 아닙니다. 게다가 이번 주에 버틸 돈이라고는 은화 두 닢밖에는 없소. 스위스 은화랑 월계관 없는 나폴레옹 3세 동전이랑…."

"꺼져 버려, 이 가난뱅이야."

여자가 중얼거렸다.

"뒤에다 깃털 하나만 달면 아주 그냥 새 같아 보이겠네!"

"날개!… 뭣 하러." 장 데제르는 혼자 자문해 보았다.

그는 집으로 돌아와 매우 피곤한 몸으로 침대에 누웠다. 그래도 그는 자명종을 맞춰 두는 것을 잊지 않았다.

VI

이렇게 그의 삶이 흘러갔다. 장 데제르는 엘비르 바로셰를 만나야만 했다.

모험

유혹적인 모습의 이 소녀들은
우리가 아주 이상한 길을 가도록 했다.
비가 왔다는 것도 덧붙여야겠다.
– 제라르 드 네르발, 『앙젤리크』 –

I

장 데제르가 엘비르 바로셰를 만난 것은 파리식물원*에서였다. 물론, 그는 다른 곳에서 그녀를 만날 수도 있었다. 하지만 그랬다면 이 이야기는 다르게 전개되었을 것이다.

그는 이 우수 어린 공간에서 여느 일요일 아침에 늘 그랬듯이 산책을 하고 있었다. 그는 우리에 갇힌 맹수들을 살펴본 후 코끼리에게 호밀빵을 나눠 주었고 물개를 구경했다. 뾰족하게 튀어나온 바위 맨 위에 앉은 암컷 한 마리는 청동 요정 조각상이 어루만지고 있는 같은 재질의 돌고래 동상 곁에서 꼼짝도 안 했다. 다른 수컷 한 마리는 바다와 육지를 넘나드는 북극 동물다운 민첩함을 유별나게 과시하면서 시큰둥해

---

* 파리 5구역에 있는 식물원으로, 프랑스 국립자연사박물관의 일부다. 이 식물원을 바탕으로 1793년 6월 프랑스 국립자연사박물관이 개관되었고, 1795년에는 수족관과 작은 동물원이 문을 열었다.

보이는 짝을 즐겁게 해 주려고 노력하고 있었다. 하지만 아무리 해도 소용없었다.

푸른색 옷을 산뜻하게 차려입은 엘비르가 통로에서 그를 지나치는 순간, 장 데제르는 인어가 결국 물개였을 것이라는 추측을 하던 중이었다. 비록 그가 평소에 지나가는 사람들에게 관심을 보이는 일은 거의 없었지만 그녀는 확실히 눈길을 끌었다. 그녀는 서둘러 가고 있었지만 정해진 목적지는 없는 듯했다. 그녀의 얼굴에는, 그 또래 소녀들이 전형적으로 그렇듯 생각이 거의 없어 보이면서도 조심하는 기색이 역력했다. 그녀의 모습은 마치 알 수 없는 노래를 흥얼거리면서 눈웃음치며 살짝 고개를 숙인 어린 소녀와 같았다. 금발도, 붉은 머리도 전혀 아닌, 미친 듯이 하얀 머리카락이(자연 곱슬머리일까?) 흰색 장미가 춤추고 있는 그녀의 클로슈 햇 아래로 삐져나왔다. 그녀의 걸음걸이는 공간 이동을 위한 편리한 방법이라기보다는, 어떤 놀이 같았다. 이에 더해, 그녀를 놀라게 하는 건 어려울지 몰라도 즐겁게 만드는 건 수월하리라 짐작했다.

'지금 이건 다른 문제야.'

엘비르를 뒤따르며 장 데제르는 생각했다.

'그녀는 누구며, 이 운명의 장난 같은 상황에 대해서는 어떻게 생각해야 하지? 이렇게 천진한 얼굴에 담긴 흥미로운 세상을 누가 살펴는 보았을까? 그녀의 흔들리는 엉덩이를 보고 있으면 지루할 틈이 없어! 이 모든 게 나의 편협한 시야를 넓혀 줄 뿐만 아니라 새로운 관점을 열어 주는 듯하군. 어쨌든 난 장 데제르라고 소개할 거야. 물론 그녀는 원하는 것만 듣겠지. 그래도 내가 할 수 있는 건 딱히 없어.'

모퉁이를 몇 군데 지나 마침내 엘비르는 북극곰이 있는 해자 앞에 멈춰 섰다. 그녀는 난간에 몸을 기댄 채 네발 동물들 쪽으로 몸을 기울이고는 핸드백 안에서 비스킷 조각을 꺼내어 가장 무서워 보이는 놈을 향해 던지기 시작했다. 하지만 온순한 북극곰은 비스킷을 던져 준 은인에게 작고 빨간 눈을 고정하고는 조그만 간식이라도 더 얻어 낼 수 있을까 하고 천천히 위아래로 몸을 흔들었다.

이 순간을 놓치지 않고 장 데제르는 먼저 말을 걸었다.

"대체로 흰 북극곰은 로키 산맥의 회색 곰보다 덜 사납고 보르네오섬의 오랑우탄보다 확실히 덜 위험합니다."

"어머! 탐험가이신가요?" 엘비르가 놀라지도 당황하지도 않는 무표정한 얼굴을 돌리며 대화를 이어 갔다.

"아니에요, 아가씨. 겉으로는 그렇게 보일 수도 있겠죠. 보세요. 저는 공무원이고 많은 것을 오로지 독서를 통해 안답니다."

"아… 그럼, 답해 보세요. 이 짐승이 위로 기어 올라오려 할까요?"

"아닐 거예요. 『르 프티 주르날』이라는 잡지 부록에서 몇 번 이런 장면을 봤거든요."

"아, 나는 동물이 참 좋아요!" 엘비르가 구덩이를 둘러싼 두 개의 돌계단을 내려오며 답했다. 그녀는 말하는 중에 눈을 가릴 만큼 흘러내린 머리카락을 클로슈 햇 뒤쪽으로 넘겼다.

그들은 나란히 서서 말없이 잠시 걸었다. 장 데제르는 무엇인가 할 말을 찾고 있었다. 참나무에서 비둘기 한 마리가 날아올랐다. 오스테를리츠역 쪽에서 기적 소리가 들려왔다.

"나비다!" 엘비르가 옷소매에 앉은 곤충을 발견하고는 소리쳤다.

"이건 나방이에요." 장 데제르가 말했다(우리는 이미 그에겐 센스라곤 없다는 사실을 알고 있다).

어느덧 그들은 바닷새들이 있는 새장 앞에 다다랐다. 철망으로 덮인 조류 사육장에는 거의 천 마리에 가까운 새들이 있었다. 새들은 물을 좋아하므로 안에는 작은 연못을 파 놓았다. 하지만 갈매기들은 계속해서 날아다니며 낙담한 아이들이 우는 것 같은 날카로운 소리를 내뿜고 있었다.

"새들을 풀어 주면 어디로 날아갈까요?"

"아, 그렇게 멀리 못 날 거예요. 한자리에서 맴도는 습관이 들고 나면 평생 그럴 겁니다. 제 말을 믿으세요. 그 정도는 알고 있어요."

장 데제르는 말주변이 너무 없어서 여자 꼬시는 재주는 영 젬병이었다.

"저것 봐요! 새들이 온통 하얗네요! 너무 아름다워요! 제가 가진 벨벳 모자에도 똑같은 새 장식이 있었어요."

더는 참을 수 없었던 장 데제르는 전에 없던 용기를 낸다.

"그 모자는 어느 일요일, 집에서 직접 만든 거겠죠. 아닌가요? 저는 당신이 귀여울 뿐만 아니라 왠지 모자를 만드는 분인 것 같다는 느낌이 드네요."

"아니에요, 선생님. 저는 일 안 해요. 하지만 아버지가 모자 관련 자영업을 하고 계세요. 저는 내년에 예술 학교로 진학해서 피아노를 공부할 거고요."

"제가 하려던 말이 바로 그거였어요. 제가 스물일곱 살인데, 당신은 열여덟 살쯤 되었을까요? 당신 이마가 딱 제 어깨까지 오니까 얼굴이 잘 안 보이네요. 당신 잘못은 아니고, 제가 너무 빨리 커 버렸죠. 그리고 새를 좋아한다고 하니 마음이 따뜻하신 분 같네요. 실례지만 저에게 성함을 알려 주면 좋겠어요."

"엘비르⋯."

"그렇군요, 엘비르⋯ 이제 당신을 더 잘 알게 됐어요. 괜찮다면, 저에게 팔짱 끼실래요? 같이 악어 보러 가요."

엘비르는 주변을 살핀다. 길가에는 그녀가 아는 이들이 아무도 없다.

그녀는 장 데제르의 팔에 손을 얹고 장난스럽게 웃기 시작한다.

"당신이 접근하는 것을 그냥 두다니, 제가 너무 방심했어요. 맹세컨대 평소에는 이렇지 않아요."

"잠시만요, 당신에 대해 다 털어놓지 않았어요. 오늘 아침에 피아노를 연습하지 않고 여기서 뭘 하고 있던 거예요?"

"제 친구 베르트 집에서 점심을 먹기로 했어요. 그래서 산책하다 여기에 이르렀죠. 그냥 식물원을 지나가는 길이었어요. 정오까지 푸아시가(街)에 도착해야 하는데…."

"지금은 12시 20분인걸요."

"상관없어요, 전 항상 지각하거든요."

"그럼 빨리 악어 보러 가요."

"갈 수 있을지 모르겠어요. 점심 먹기 전에 심부름도 하나 해야 하거든요. 지금 떠나는 게 좋겠어요."

"아, 그래요. 그럼 잘 가요, 엘비르. 이건 내 명함이에요. 내 년에 합격해서 예술 학교로 진학하게 되면 연락하세요."

"안녕히 계세요, 신사분. 어머! 이름이 '장'이네요? 흔하지 만 예쁜 이름이에요. 그리고 당신에겐 독특한 분위기가 있어 요. 이제 가 볼게요. 시간이 다 되었네요."

장 데제르는 엘비르가 멀어지는 것을 바라보았다. 그녀의 신발 끈 한쪽이 풀어져 있다. 어쩌면 마차를 타려다 넘어질 수도 있다. 세상에나, 이 소녀는 얼마나 종잡을 수 없는지! 그 녀는 원숭이 앞에 한번 멈춰 섰다가는 곧 사라진다.

그리고 장 데제르는 시멘트 수조 속 온수에 있는 악어들을 혼자서 보러 간다. 악어들의 꿈속에는 달빛 아래 교량을 건 너는 소녀들의 검은 다리가 빛나리라.

II

물방울이 유리창을 두드리고 흩어지고, 다시 작은 폭포를 이루며 창문 아래 처마로 흘러내렸다. 장 데제르는 파이프를 피웠다. 그는 소나기가 그치기를 기다렸지만 딱히 그 행동에 대한 별다른 이유는 없었다.

마치 영혼의 무기력에 대한 양심의 외침처럼 느닷없이 현관 초인종이 울렸다.

'누가 번지수를 잘못 찾은 모양이군.' 장 데제르는 생각했다. '열어줘야 하나?'

벨 소리가 다시 두세 번 울리는가 싶더니 조금씩 빠르게 울렸다. 저런 행동은 평소와 달리 그에게 호기심을 불러일으켰다.

장 데제르는 파이프를 내려놓았다.

"무슨 이유로 오셨든 여기는 아니에요." 그가 문을 살짝 열며 외쳤다.

"어머, 웃겨라! 설마 저를 돌려보낼 생각은 아니시죠?"

그리고 거기에는 챙이 젖은 큰 모자를 쓴, 일요일에 만났던 엘비르가, 식물원에서 보았던 바로 그 엘비르가 웃고 있었다. 이국적인 장소를 벗어나서 말이다.

"설마 당신인 줄 상상이나 했겠어요?"

장 데제르가 외쳤다. "한 번에 이렇게 많은 일이 일어나다니. 들어와요, 엘비르. 어떻게 된 건지 얘기해 줘요."

"제 딴에는 정말 대담한 행동이에요. 설명할게요. 제가 루이즈라는 친구 집에 우산을 두고 왔다면 믿으시겠어요? 한 번도 그런 적 없었거든요! 그러다 우연히 카페 캐노피 아래로 몸을 피하고 있었어요. 그 순간 당신이 준 명함에 적힌 주소를 기억해 냈어요. 그러고는 당신을 찾아 계단을 올라왔답니다. 어쨌든 방해한 건 아니겠죠?"

엘비르는 방의 유일한 안락의자에 앉는다. 그녀는 한 번의 망설임도 없이 마치 이곳이 자기 집인 양 앉았다. 파란 하늘의 공허함처럼 그녀의 맑은 눈에는 아무것도 드러나지 않는다. 장 데제르는 이해하려 노력한다.

'여자란, 필요하기도 하며 데리고 다니기도 좋지. 하지만 어떻게 매듭을 지어야 하지?'라고 그는 생각한다.

"조금 있으면 날씨가 개겠죠. 아! 천장을 못 봤네요. 머리에 닿을 만큼 낮아요. 아무렴 어때요, 전망이 좋은걸요. 동쪽으로 창이 나 있는 건가요? 제가 당신이라면 창가에 꽃을 몇 송이 놓았을 거예요."

"깃털 좀 봐요, 엘비르. 조심성 없기도 하지, 엉망이 되어 버렸어요!"

"어머! 버드나무 가지처럼 만들어야겠네요. 잘하는 사람을 알거든요. 그건 그렇다 치고 허락하신다면 모자를 좀, 벗을게요. 별로 중요한 건 아니죠? 괜찮다고 말해 줄래요?"

그녀는 벽난로 거울 앞에 서서 머리를 다듬는다. 큰 핀이 바닥에 떨어진다.

"예, 걱정하지 마세요, 괜찮고 말고요." 장 데제르는 생각한다. '이 이야기들은 (예상컨대) 모두를 돌이킬 수 없게 만드는 슬픈 결말이겠지. 이제 알겠어. 나는 당신이 핑크 가터벨트를 착용한 것을 알아. 그리고 초라한 스타킹을 신발 위로 떨어뜨린 채 침대 끄트머리에 앉아 울겠지. 내가 "당신과 결혼할래요." 라고 말하면 자영업을 하는 당신 아버지는 내가 공무원이라서 반대는 안 할 거야.'

"내가 여기 있는 것이 이렇게 불편할 거라고 생각지 못했어요." 침묵을 불편함으로 해석한 엘비르가 이렇게 소리쳤다.

"왠지 키가 커 보인다고 생각했어요. 하이힐 때문이었군요."

"저번에는 제가 좀 단정치 못했다는 걸 인정해요. 아시잖아요. 보통 아침이 어떤지… 평소에는 절대 혼자 외출하지 않는답니다. 아빠가 허락하시지 않거든요. 오늘이 두 번째예요. 할 수만 있다면 산이고 들이고 항상 밖으로 나갈 거예요."

"아버지께서 당신이 여기에 있다는 것을 알게 되면 뭐라고 둘러댈 거예요?"

"아빠는 모를 거예요. 게다가 저는 항상 제 마음대로 하거든요. 전 어리광쟁이예요. 너무 어린 나이에 어머니를 여의었어요."

그녀는 핸드백을 뒤적인다. 그녀는 완전 새것인 립스틱을 꺼내 어린애 같은 입술에 바른다.

"잘 어울리는지 말해 줄래요? 검은색도 샀어요. 그렇지만 집에 가기 전에 어떻게 지워야 하는지 모르겠어요. 빨간색은 그냥 핥아서 손수건으로 문지르기만 하면 되거든요."

"비가 오기 전에는 어디에 다녀왔나요?"

"아무 곳에도 가지 않았어요. 배 타고 생클루까지 가려 했는데…. 언제 한번 산책이나 해요. 경마도 보고 싶어요…. 확실히 제 생각에 당신의 집 실내장식이 나쁘지 않군요. 책도 많고요. 지루해 보여요."

"교재 몇 권과 사전들이에요. 원하신다면 『르 프티 라루스』* 사전에서 색깔로 표시해 놓은 페이지가 뭔지 설명해 드릴 수 있어요."

"아! 저는 독서를 참 좋아해요. 제 서랍장 위에도 제 취향의 책들을 모아 놓았답니다. 예컨대 『톰 아저씨의 오두막』, 『렝제뉘』, 『레 미제라블』, 『아프로디테』, 그리고 마세의 『빵 한 조각 이야기』 같은 책들이요."

"인식의 지평을 넓히고 계시는군요."

"제가 전부 이해하지는 못해요. 하지만 이야기는 가장 이해 못 할 대목에서 가장 흥미진진하답니다."

잠시 고개를 치켜든 엘비르는 상념에 사로잡힌 듯했다.

"다른 이야기를 해 봐요." 그녀가 말을 잇는다. "제가 당신

---

* 1905년 처음 발간된 프랑스의 사전으로 일반명사를 다룬 어학사전과 고유명사를 다룬 백과사전으로 나뉜다.

을 놀라게 한 거 맞죠? 저는 평범하지 않아요. 예술 학교 진학을 준비하는 제 또래 친구 중 그 누구도 젊은 남자의 집에 혼자 갈 엄두를 내지 못하죠. 동의하나요?"

"세상에, 전혀 생각지 못한 질문이네요."

다시 침묵이 흐른다. 창문에 부딪히던 빗소리는 더 이상 들리지 않는다.

"음악 좋아하세요?" 엘비르가 묻는다.

"가끔은요."

　　모나코에서는

　　사냥하고 또 사냥하지

　　모나코에서는

　　필요한 만큼만 사냥하지

"무슨 노래인가요?"

"제가 만든 노래예요, 엘비르. 이보다 더 단조로운 것은 없을 거예요. 그리고 무엇보다, 아무 뜻도 없어요. 그렇지만 당신이 이 노래에서 의미를 찾아낼 수 있도록 가사를 좀 바꿔 볼게요."

모나코에서는

멧도요를 사냥하지

모나코에서는

자고새를 사냥하지

"저에게도 역시 저만의 노래가 있어요. 슬플 때 부르는 노
래도 있어요. 그런데 그걸 부르면 더 슬퍼진답니다. 하지만
그건 시적인 슬픔이에요."

지난가을부터 알게 되었답니다

누구보다 매력적인 어린 연인을

불쌍하고 귀여운 그의 누이는

열다섯에 폐병에 걸렸죠

"느껴지나요? 아닌 것 같네요. 왜냐하면 당신은 본질적으
로 예술가가 될 타입은 아닌 것 같아요. 그 대신 당신에게는
다른 장점들이 있어요. 똑똑하시잖아요. 당신과 함께라면 무
슨 주제라도 대화를 나눌 수 있어요. 반면에 제 친구들은 쓸
데없는 수다나 떠는 게 전부예요. 정말이지 저도 인생이 항

상 즐겁지만은 않답니다. 어쨌든 다시 찾아올게요. 또 이야기 나눠요. 흥미로운 것들이 너무 많아요. 약속해요, 같이 산책도 하기로요."

엘비르는 다시 모자를 썼다.

"안녕히 계세요, 신사분. 혹여 방해된 건 아닌지 걱정되네요."

"전혀요, 엘비르. 게다가 당신이라면 더더욱 괜찮아요. 잘 가요. 이제 날씨가 좋네요. 그래도 조심히 가세요. 또 어딘가 지나다 갑자기 비가 내릴지 어떻게 알겠어요! 일요일에 만나요…."

"이 소녀가 내 머릿속을 온통 뒤집어 놓는군." 장 데제르는 다시 파이프에 불을 붙이며 혼잣말을 했다.

III

그날 저녁 셴두아 부인의 식당에서 레옹 뒤보르잘은 장 데제르에게 몇 가지 질문을 했다.

"자, 오늘은 뭘 했나?"

"별일 없었어. 엘비르가 찾아왔었네."

"엘비르? 사교계에서 만난 여자야?"

"아니."

"애인이야?"

"아니."

"약혼자?"

"아니."

"사촌인가?"

"아니."

"그럼 대체 뭐야?"

"뭐라 말해야 할까? 얘기했듯이 그녀의 이름은 엘비르고 아버지가 상인이라네. 물개 우리 앞에서 만났었지. 자네랑 서로 소개하는 일 따위는 없을 걸세. 그러니 이제 그만하지."

IV

다음 일요일은 평범한 일요일이 아니었다. 적어도 우리가 알고 있는 일요일이라는 말 그대로의 의미는 아니었다. 실제로 장 데제르에게 나랏일 하는 사람들의 생애에서 가장 큰 장점이라 할 수 있는 바캉스가 시작된 것이다. 이 기간 한 주의 요일들은 이름만 다를 뿐 모두 같은 가치를 가진다.

여름에 바다나 산으로 피서를 가지 않고 대신 파리를 물의 도시로 여겼던 장 데제르는 흰색 바지와 알파카 재킷을 입었다.

창문 너머로 마침내 엘비르가 오는 것이 보였다. 그녀는 흰 종이로 포장된 다소 부피가 큰 둥근 소포를 생각 없이 휘두르고 있었다. 그녀는 들어오기 전에 쓸데없이 인도를 두 번이나 바꿔 걸었다.

"입 맞춰 주세요." 층계참에 다다르자마자 그녀는 이렇게 말했다. "우리는 오랜 친구 아닌가요?"

그는 이 말에 따랐다. 그녀의 입술에서는 값싼 쌀가루에서 나 날 법한 단맛이 살짝 났다.

"일부러 그런 건 아닌데 제가 늦었네요! 우리 산책하는 거 맞아요? 제게 약속했던 걸 당신도 잘 알고 있을 거예요."

"기억해요, 엘비르. 그리고 계획도 세워 놓았어요. 성벽을 넘어서 조금만 가면 당신을 데려가고 싶은 장소가 있어요. (교통수단이 있음에도 불구하고) 너무 원시적이고 멀어서 그 주변에 사는 사람들은 마다가스카르라고 부른답니다. 공장 에서 뿜어져 나오는 연기 사이로 여기저기에 아주 커다란 집 들이 솟아 있어요. 여기 방문하는 사람들은 안타깝게도 시골 에 왔다고 생각해요. 채석장 귀퉁이에 기름 묻은 종이와 깨 진 유리병을 그냥 두고 간답니다. 솔직히 말해서 당신이 이 곳을 좋아할지는 모르겠어요. 하지만 나에 대해 많은 것을 알게 될 겁니다."

"아무려면 어때요." 그녀는 대답했다. "비로플레에 가면 더 좋겠지만요. 거긴 숲이 있거든요. 정처 없이 돌아다니며 즐 길 거예요. 먼저 앵발리드역에서 기차를 타겠죠. 베르사유까 지 가는 전기 열차요. 역 이름이 근사해요. 예를 들면 뫼동발

플뢰리역 같은 거죠. 이씨레물리노 앞을 지나갈 거예요. 가끔 비행기도 보여요. 저는 산책할 만한 길을 잘 알고 있어요. 작년에 이모와 사촌이랑 같이 산책했거든요. 어느 식당의 야외 테이블에서 점심을 먹었는데, 세상에 얼마나 즐거웠는지 몰라요! 하지만 돌아오는 길에는 사람이 너무 많았어요. 기차 흡연 칸에 있었는데 너무 피곤해서 선 채로 잠이 들었죠."

"제가 제안한 장소를 고집할 생각은 없어요, 비로플레로 가죠. 하지만 그 전에 그 소포에 뭐가 들었는지 말해 줄래요?"

"꽃 왕관이랍니다. 아빠가 '오늘까지 가져다주기로 약속했어. 근데 일요일이라 직원이 아무도 없단 말이지. 이왕 외출하는 김에 대신 배달 좀 해 주렴.' 하고 부탁했어요. 하지만, 늘 그랬듯이 주소를 잃어버렸어요…."

"아버지께서 왕관을 파신다고요? 이 세상에 왕이 그렇게 많나요?*"

"가게에 종류가 엄청 많아요. 최근에는 강추위에도 변형

---

*   당시 장례식에서는 꽃이나 올리브, 사이프러스, 가시나무, 월계수 등의 잎으로 화환을 만들었으며, 왕관처럼 둥근 형태를 띠고 있는 것으로 보아 삶의 유한성을 나타내기 위한 상징물이었다. 장례식이 끝나면 화환을 무덤으로 가져가 고인을 추모했다. 이때 화환을 지칭하는 'couronne'이라는 단어는 '왕관'이라는 뜻으로 더 많이 쓰인다. 따라서 장 데제르가 엘비르에게 동의어를 활용한 농담을 건네고 있는 것으로 보인다.

되지 않는 흰색 유약을 바른 화관도 들여왔어요. 어린애들이 쓰기에 아주 좋아요."

"당신이 그렇게 덤벙대는 줄 몰랐어요, 엘비르. 현관에 물건을 내려놓아요. 더 얘기하지 말고 출발합시다. 그렇게 물건을 흔들어서 좋을 건 없잖아요."

"아뇨. 갖고 있을 거예요. 돌아오는 길에 까먹을 것 같아요. 적어도 아버지께 다시 가져다 드려야 하니까요."

"그게 우리 여행을 불편하게 할지 걱정되지 않아요?"

"어머! 무슨 그런 생각을 하세요! 당신에게 짐을 맡길래요. 이런 일은 젊은 남자가 해야죠."

만약 이날 이때쯤 비가 오기 시작했다면 엘비르와 장 데제르는 장소를 옮기지 않고 지난 일요일에 나누던 단순한 이야기를 다시 이어 갔을 것이다. 하지만 이야기가 다채로워지려고 그랬는지 날씨는 한 시간 이상 쾌청할 것으로 보였다.

따라서 그들은 열기 속에 길을 나섰다.

물론 엘비르가 바스티유와 포르트랍을 오가는 노면전차에서 노래를 불러도 된다고 교육받은 적은 없다. 그러나 붉은색으로 칠해진 낡은 차가 들썩거릴 때마다 마치 여름의 기쁨으로 인해 흘러나오는 노랫말을 억누르기라도 하듯, 그녀의 윗입술이 조금씩 떨렸다.

그들은 앵발리드로 내려갔다. 장 데제르가 기차표를 끊었다. 정확히 기차 한 대가 막 떠날 참이었다. 엘비르가 사람이 없는 첫 번째 칸이 마음에 든다고 알려 주었다.

"아! 저는 여행이 참 좋아요!" 그녀가 말했다.

장 데제르는 맞은편 의자에 앉았다. 화관은 그물 선반에 올려 두었다.

마지막 호각이 울린 뒤의 열차 바퀴 소리는 매력적이어서, 뒤에 남겨 두고 온 것이 무엇인지 잊어버리게 하고 언젠가는 멈춰야 한다는 사실까지도 잊게 만든다. 엘비르는 유리창을 내리느라 실장갑이 더러워진 것을 눈치채지 못했다. 그녀는 공사 중인 기초벽을 열차가 지나쳐 마치 풍경의 한 토막처럼 작아질 때까지 지켜보았다.

알마다리역(驛)에서 갑작스러운 정차로 하마터면 화관이 떨어질 뻔했다. 적어도 열차가 흔들릴 때마다 유리 장식이 짤랑댔다.

"무릎 위에 올려놓아요." 엘비르가 조언했다. "훨씬 안심될 거예요. 깨진 게 없는지 확인해 볼게요."

그녀는 흰 종이봉투를 풀었다. 가장 먼저 보라색 리본이 나타났고 그 위에는 금박으로 '이모에게'라는 글자가 인쇄되어 있었다. 그 아래에는 금속으로 만든 팬지와 아라베스크 양식으로 만든 수많은 흑진주가 무리 지어 있었다.

"괜찮아요. 보세요, 아빠는 이 일에 있어서는 전문가랍니다. 아빠가 만든 물건들은 깨질 걱정이 없어요."

그러던 중에 경솔한 한 부부가 문을 살짝 열고 주저하다 닫았다.

객실은 환기를 하고 있었지만 온도가 많이 올라갔고, 갑갑해진 장 데제르는 결국 졸음을 피할 겸 선로를 따라 늘어선 게시판의 포스터들을 읽기로 했다. 이씨역(驛)에 진입해서는 의심할 여지 없이 날씨가 나빠지고 있었다.

엘비르는 "그저 소나기일 뿐, 풀숲이 곧 상쾌해질 거예요." 라고 말했다.

즐거운 여행은 뫼동 인근에 다다르며 엉망이 될 것처럼 보였다.

"비가 너무 많이 와서 오래 버티기 힘들어요." 소녀는 이 상황에서도 여전히 낙천적인 목소리로 덧붙였다.

비로플레의 터널을 빠져나올 때까지 변한 것은 없었다. 목적지에 도착한 장 데제르와 엘비르는 승강장의 차양 아래로 몸을 피했다.

"날이 이러지 않았다면 더 좋았을 텐데요. 그래도 우리는 여전히 들에 나와 있잖아요. 돌아가는 길에는 제 얼굴이 활짝 핀 것을 보게 될 거예요."

바람은 서쪽에서 불어오고 있었다. 구름도 그러했다. 시냇물이 조약돌 위로 흐르며 선로를 따라 석탄 잔해를 실어 날랐다. 엘비르는 자동저울에 체중을 재 보았다. 장 데제르는 자판기에서 초콜릿 바 몇 개를 뽑았다.

그러고 나서 그들은 화관을 사이에 두고 같은 벤치에 앉았다.

엘비르가 "급한 건 없으니까 이야기를 나눠요."라고 마침 말을 걸었다. "방금 당신에게 하고 싶은 질문 한 가지가 생각났어요. 이상형이 있나요?"

"저도 저 자신이 항상 궁금하네요."

"음, 전 한 명 있어요. 그 사람 없이는 못 살 것 같은 그런 사람이요."

"그래서 그분이 누군데요?"

"모르겠어요. 그 사람이 제 이상형이에요. 이걸 어떻게 설명해야 할까요?"

"그러게요….."

이 길에서 시작된 대화는 진지하고 내밀해졌다.

"사랑에 대해 어떻게 생각하세요?" 엘비르가 질문과 함께 말을 이었다. "한 사람의 인생에는 로맨스 소설에 나올 법한 사랑이 필요하다고 생각해요. 물론 저의 경우에는 우리 아버지 상황을 고려해 현실적이어야 하겠죠."

"당연하죠." 장 데제르가 답했다. "당신이 읽은 책이 당신을 망가뜨리지 않았다는 것이 기쁘네요. 하지만 내 조언을 기대하지 마세요. 작가들이 내게 알려 준 것은 많지 않아요. 내 경험에 관해 얘기하려 해도 그게 얼마나 제대로 된 것인지 모르겠어요. 어쨌든, 내 경험 속에는 소설 같은 점이 전혀 없어요."

마치 정해진 것처럼 기차 한 대가 지나갔다. 기차는 작은 역들을 지나쳐 해안가 마을 쪽으로 속도를 올렸다. 설령 하늘에서 모든 물을 쏟아붓는다 해도 출발한 역에서부터 싣고 온 기차의 슬픔은 씻어 내지 못했을 것이다. 하지만 기차의 전면에 있는 기관은 그저 증기를 거칠게 뿜으며 기차를 견인할 뿐이었다.

"전, 우리가 잘 맞을 것 같아요." 다시 엘비르가 말했다.

"그럴 거예요!"장 데제르가 대답했다.

"적어도 당신은 나를 이해할 것 같아요, 그렇죠?"

"서로가 무엇을 바라는지 명확하죠?"

"불현듯 한 가지 생각이… 우리 아버지께 결혼 승낙을 받는 게 어때요?"

"하지만 당신은 나와의 시간이 얼마나 지루할지 상상조차 못 할 거예요, 엘비르! 이 화관들이 당신의 본능을 바꿔 놓지 않았다면 나는 당신에게 악영향만 끼쳤을 거예요.*"

"농담한 거예요!"

"그런 농담 같은 말이 내게 더 와닿네요. 그런 것이 바로 내게 필요한 점이죠. 당신만 괜찮다면 다음 순서는 약혼하는 거예요."

"물론 새 넥타이를 매실 거죠?"

"물론이죠. 그게 얼마나 중요한지 잘 알고 있어요. 그리고 지팡이도 하나 사겠어요. 아주 품위 있어 보일 거예요. 당신 친구들에게 나를 소개해 줘요."

"올여름에 비가 좀 덜 내린다면 좋을 텐데요!"

---

* 장례 관련 물품을 판매하는 우중충한 집안 환경이 엘비르의 어디로 튈지 모르는 본능을 눌러 놓아서 그나마 자기 같은 재미 없는 사람을 만나도 함께 할 수 있다는 의미이다.

"비가 그치는 동안 내 말 들어요. 다른 승강장으로 이동하는 게 좋을 것 같아요. 오늘은 이만하고 파리로 돌아갑시다. 안 그러면 당신 발이 곧 시릴 거예요."

V

약간의 재미를 놓치는 것은 장 데제르의 인생에서 그리 중요한 것이 아니었다. 그는 기쁨이라는 것이 새로운 시작으로부터 온다는 것과 더불어 너무 까다롭게 굴어서도 안 된다는 것을 알고 있었다.

그럼에도 그는 생소한 상황 때문에 수심에 잠겼다.

'이 모험이 나를 어디로 이끌까?' 그는 매일 아침, 자신의 존재(이 존재란 파이프 담배 한 모금 없이는 의미 없으리라)와 다시 만나기 위해 침대에 누워 하루 중 가장 맛있는 담배에 불을 붙였다.

'내가 어디로 향하는지 모르는 것은 처음이군. 이 알 수 없는 길은 아마 앞으로도 더 많은 놀라움을 안겨 주겠지. 아무튼 난 이제 약혼한 몸이 되었군. 이 일로 남은 바캉스를 보낼 수 있겠어. 그럴 만한 이유가 있으니 말야. 엘비르, 쓸데없이

예쁘기만 한 엘비르. 하필이면 왜 다른 여자가 아니라 당신
이었을까?'

8월(태양이 비추는 해변을 따라 아이들이 맨발로 삶의 행복을
맛보는 계절)에는 무더위와 함께 쓸데없는 소나기가 계속되
었다. 길가의 행인은 점점 줄어들었다. 마차는 영국인 관광
객을 실어 날랐다. 20구에서 여러 건의 장티푸스 발병이 보
고되었다. 저녁 무렵에는 가끔 센강을 유람하는 배 위에서
친숙한 곡을 연주하는 브라스 밴드의 모습도 볼 수 있었다.

한편 장 데제르는 레옹 뒤보르잘에게 약혼 소식을 알렸다.

"아직 공개하진 않았어. 자네도 이해하잖아. 아직은 확정
된 것이 아니라는 걸…. 하지만 자네와 나는 오래된 막역한
사이니 다른 누구보다 먼저 알린 거라네."

"축하해. 나는 전적으로 찬성하네. 이제 자네 인생이 완성
되었고 미래도 보장된 셈이야. 결혼만 남았으니깐. 공무원
에게는 더할 나위 없지. 그런데 나이 어린 예비 신부가 혼수
는 해 올까?"

장 데제르는 아직 그 부분에 대해서는 확실히 알아볼 시간
이 없었다고 털어놓았다.

"친구, 이건 중요한 문제야. 적어도 그 여자 부모의 재정

상태에 대해 알고 있나? 먼저, 부친의 직업은 뭔가?"

"내가 이해하기로는 장례 관련 사업을 하는 듯하더군."

"나쁘지 않아, 나쁘지 않네. 그쪽 사업이 괜찮아. 아마 이
말이 나온 뒤부터 예전만은 못하지만. '고인의 뜻에 따라 꽃
과 화관은 정중히 사양합니다.' 이 문구가 상류층의 부고장
에 점점 많이 등장하고 있다네. 그러나 전반적으로 유행을
잘 타지 않는 분야인 데다, 날 좋을 때뿐 아니라 겨울에도 일
이 넘치니 비수기가 없잖나. 내가 자네라면 그쪽에서 할 일
을 찾아볼 걸세. 공무원을 그만두고 가게로 들어갈 거야. 유
족들의 허영심을 민감하게 건드릴 만한, 뭔가 새로운 일을
찾아내겠어. 그렇게만 하면 제법 돈을 만질 수 있다네! 그쪽
분야가 지난 50년 동안 한 발짝도 나아가지 않았다는 것에
관해 생각해 보게. 모두 새로 만들어 갈 수 있어! 기분 나쁘게
듣지는 말고, 우리 사이니까 하는 말인데 자네는 사업 수완
이 없잖아. 뭐가 됐든, 날 믿어 봐. 내가 첫 번째 신랑 들러리
가 되어 주겠네. 좋아! 결혼식은 분명 즐거울 거야."

"아직 거기까지는 아니야. 그녀 아버지의 허락을 받아야
해. 게다가 어리기까지 해서… 그녀가 너무 기뻐하기에 약혼
한 것일 뿐이야. 다른 나머지는 별로 중요하지 않지…."

VI

그렇다. 엘비르의 아버지는 —이 땅의 위대한 이들을 위한 황금관도 아니고, 승자들을 위한 월계관도 아니요, 손님을 환영하기 위한 장미도 아닌— 우울하고 깨지기 쉬운 유리 세공품으로 만든 이 세상에서 마지막으로 쓰는 화관을 팔았다. 이런 일에 본질적으로 철학적인 의미가 있다는 것은 아무리 강조해도 지나치지 않을 것이다. 이것은 단순히 물건만을 팔기 위한 장사는 아니다. 이 분야 종사자들에 대해 갖는 가장 흔한 오해는 그들의 기분까지 필연적으로 우울하리라는 것이다. 언제나 그렇듯 습관의 문제다. 사실 엘비르가 처음 본 바깥세상의 모습과 가장 친숙한 풍경들은 그녀의 천진한 영혼에 어떤 흔적도 남기지 않았다. 소위 지나가는 말로, 어린 시절 내내 이웃 아이들과 길가에서 장례식을 하고 놀았다면 이후 그보다 더 무서운 놀이란 없을 것이다.

장 데제르는 — 그는 관습에 굴복하는 인물이 아니다 —
바로셰 씨에게 공식적인 결혼 승낙을 얻기 위해 중요할 날에
만 쓰는 실크 모자를 벽장에서 꺼냈다. 종교와 무관한 교육
을 받아 신을 믿지 않지만, 장 데제르는 가게에 들어서기 전
모자를 벗었다. 가게 안에는 망자(亡者)를 위한 다양한 장례
용품들이 공중에 진열돼 있었다. 이때 모두에게 평등한 별인
태양은 예외 없이 진열장 안의 수많은 물건 사이를 오후 3시
의 햇살로 나눠 주고 있었다. 이곳에서는 (모든 가격대가 형성
돼 있어서) 빈자들의 경건함이 달아 놓은 교외 공동묘지의 나
무 십자가 같은 하찮은 물건에서부터 특권층의 장례 예배당
(이들은 눈물을 흘릴 때조차 비바람을 피할 수 있어야 한다)을 장
식하는 화려하게 세공된 엠블럼까지 볼 수 있다. 이 모든 게
어렴풋이 반짝이며 희미한 불길에 타는 듯 보였는데, 여기저
기에 가격이 적힌 흰색 태그가 간간이 붙어 있었다.

상인 바로셰는 고요하고 깔끔한 가게에서 장 데제르를 정
중히 맞이했다. 엘비르는 이미 모든 일을 그에게 말해 둔 상
태였다. 외동딸(1900년 만국박람회 때 세상을 떠난 어머니를 똑
닮았다)에 대한 애정과 관대함으로 가득 찬 품위 있는 남자는
이렇게 말했다.

"반대하는 것은 아닐세. 젊은이, 그리고 내게도 영광이지. 하지만 내 승낙을 얻기에 앞서 양쪽 모두 조금 더 신중해질 필요가 있는 것 같네. 젊은이, 자네는 소녀들이 얼마나 변덕스러운지 모를 걸세. 지난달에 엘비르는 밤낮으로 앵무새를 사 달라고 나를 졸라 댄 끝에 결국 잉꼬 부부 한 쌍을 얻었네. 그런데 다음 날 아침에 그 가여운 작은 새들이 굶어 죽어가는 것을 발견했지. 딸아이는 매 순간 내일을 기약할 수 없는 새로운 환상을 품고 있다네. 오늘은 자네와 결혼하겠다고 했네. 방금 눈물을 글썽이며 그에 대해 언급했네. 하지만 아직도 그 생각을 하고 있을까? 들어 보게. 그 아이는 지금 〈갈색 왈츠〉*를 연주하고 있네."

실제로 바로 옆방에서 빠르게 피아노를 연주하는 소리가 몇 분 전부터 울려 퍼지고 있었다. 장 데제르는 모자를 어떻게 해야 할지 몰라 하다가 옆에 있던 모형 배 위에 올려 두었다. 배는 전체가 연보라색 구슬과 놋쇠 철사로 만들어졌다. 팻말에는 "바다에서 전사한 해군 장교를 위한 추천 모델"이라는 글귀가 쓰여 있었다.

"솔직히 말해서…" 바로셰 씨가 말을 이었다. "딸아이를

---

* 1909년 발매된 가수 뤼시엔 델릴(Lucienne Delyle)의 노래.

대리석공과 결혼시켜서 나와 사위가 수익을 배분하는 상황을 생각하고 있었다네. 하지만 엘비르의 소원을 방해하고 싶지는 않군. 더군다나 자네 상황이나 모습도 달리 흠잡을 곳이 없네. 나 같은 경우도 사랑만으로 결혼했기에 자네가 같은 마음이라면 존중할 따름이라네. 우리 집은 자네를 환영하네. 가끔 가족과 저녁 식사를 함께했으면 한다네. 그래야 서로를 잘 알아 가는 법이니."

장 데제르는 일어나서 미래의 장인과 악수했다. 그는 이처럼 아무런 반대도 없을 것이라거나 열렬하게 환대를 받을 것이라고는 그 어느 쪽도 예상치 못했었다. 비록 나이와 성격을 가늠할 수는 없었지만 선해 보이는 이 홀아비는 계산대의 어슴푸레한 불빛 속에서 별다른 속셈 없이 미소를 지었고, 그를 완전히 편안하게 해 주었다.

"떠나기 전에 따님에게 인사해도 괜찮겠습니까?"

"마침 그렇게 얘기할 참이었네. 근데 더 이상 피아노 소리가 들리지 않는 것으로 보아 딸이 어디 있는지 궁금할 따름이군. 여기서 잠시 기다리면 기별하고 오겠네."

바로셰 씨는 곧장 돌아왔다.

"거실로 들어가 보게. 약간 엉망이지만 괘념치 마시게. 엘비르가 거기서 소포에 우표를 붙이고 있더군."

중앙에 놓인 원탁과 천장에 달린 조명, 안쪽에 놓인 찬장으로 미루어 거실은 식당을 겸하는 모양새다.

엘비르는 어렴풋이 보이는 복도로 이어지는 유리문 사이로 모습을 드러냈다. 바로 거기 미래의 신부가 있었다. 흰색 앞치마를 입고 머리카락이 사방으로 흐트러져 있는 그녀는 영원한 놀라움과 욕망의 대상이었다. 아! 자신이 무엇을 보고 있는지 알지 못하는 그 눈이여! 무수한 상상으로 이끄는 하얀 목덜미여! 작은 터키석 반지를 끼고 있는 순진한 그녀의 손은 고생을 알 턱이 없다.

"당신이군요! 안 그래도 무척 궁금했어요! 아빠랑 이야기는 잘 되었어요?"

"바로셰 씨가 제게 희망을 주셨답니다…."

"그렇다면 매일 오후에 꽃다발을 들고 오셔야겠네요. 아빠, 제 친구 마르셀의 약혼자 기억나세요? 착하긴 한데 좀 싱거운 사람이었잖아요."

"집을 구경시켜 드릴까요?" 엘비르가 멈추지 않고 말을 이었다. "안뜰로 나가면 분위기가 훨씬 밝아질 거예요."

"데제르 군이 목을 좀 축이게 하는 것이 어떻겠니?" 화관

상인이 요청했다. "가서 보리차를 좀 내오렴."

"네! 그럼. 시원한 물과 빨대도 함께 가져올게요. 마실 것을 가져오는 것조차 즐겁네요. 한 달 전만 해도 모든 일이 이렇게 진행될 줄 짐작조차 못 했어요. 이제 나도 약혼자가 생겼어요! 그이에게 입을 맞춰도 될까요?"

장 데제르는 말없이 키스에 응했다.

"이런 노래가 있어요." 엘비르가 말했다.

첫 키스…

당신이 내게 준

"노래 가사를 까먹었네…."

"엘비르가 정말 꾀꼬리 같다는 것은 인정할 수밖에 없다네." 바로세 씨가 말을 맺었다. "일할 때마다 딸아이의 목소리는 종종 내 작업에 영감을 주곤 하지. 쑥스럽지만 난 발명가이기도 하다네. 젊은이, 진열해 놓은 대부분의 모형들은 내가 직접 디자인한 걸세."

가게 앞의 초인종 소리가 이들의 대화를 방해했다.

"미안하지만, 직원이 배달을 나가고 없어서. 손님이 부르는 데 직접 응대해야겠네. 내가 없는 동안 엘비르가 말동무를 해 줄 걸세."

장 데제르는 보리차 서너 잔을 마시며 약혼자의 이야기를 들었다. 그녀는 이런저런 이야기와 더불어 두 사람의 사랑에 관해 이야기했다. 그리고 장 데제르는 황혼이 지기 전에 엘비르와 그의 아버지에게 작별 인사를 했다.

'모든 게 논리적으로 이어지는군.' 그는 라스파이 대로를 걸어 내려가며 생각했다. '식물원과 비로플레 그리고 오늘. 내 인생의 세 단계지. 그다음을 기다려 보자고.'

VII

휴가가 지속되는 동안 장 데제르는 매일 오후 약혼녀에게 하얀 카네이션 꽃다발을 가져다주었다. 그것은 단지 평범한 꽃에 지나지 않았지만, 그의 마음을 온전히 담아냈기에 나름의 의미를 지니고 있었다.

그는 바로셰 씨의 식탁에 앉아 가족과 함께 식사하는 것에 익숙해졌다.

엘비르는 디저트를 담당했다. 어린 하녀는 차분하고 바른 몸가짐을 지닌 아가씨의 약혼자에 대해 벅찬 감동과 존경으로 최선을 다해 음식을 준비했다.

식사 후에 엘비르는 쇼팽의 <왼손 연습곡>을 연주하곤 했다. 그녀는 꽤 감각도 있었고 기교도 좋았다. 그렇게 장 데제르는 누군가의 영원한 안식처가 될 몽파르나스 지구에서 고요한 저녁을 보내게 되었다.

성격적으로 모난 데가 없는 바로셰 씨는 알면 알수록 좋은 사람이었다.

그는 나름의 직업의식과 소명을 충실히 실천했다. 심지어 일요일에도 가게를 떠나는 일이 거의 없었고, 대부분의 여가 시간을 성찰하며 보냈다. 그리고 이즈음 (내 기억이 맞는다면) 그는 별들의 슬픈 눈 아래 밤의 무덤 위에서 빛날 야광 화관 제작을 계획하고 있었다.

이제 엘비르는 파리의 이곳저곳에서 장 데제르와의 데이트 약속을 잡았다.

그녀의 말에 의하면, 그녀는 편견 없는 이 젊은이의 유머 감각을 즐겼고, 이제껏 허락되지 않았던 어린 소녀 시절의 몇몇 환상을 실현할 수 있었다. 그들은 그레뱅박물관을 방문했고 카타콤과 루아얄 다리의 아치들을 보러 가기도 했다. 어느 날 아침에는, 심지어 바스티유 광장의 기념비에 오르기도 했다.

엘비르는 "아! 저는 높이 솟은 건물들이 참 좋아요."라고 말했다.

그러나 그녀는 정상에 다다르기 전에 겁을 먹었다.

장 데제르는 그녀에게 청동 대포를 녹여 만든 자유의 화신이 세월 따위에는 그리 쉽게 굴하지 않을 것이라 설명했다. 어쨌든 어둠 속에서 그는 약혼녀의 손을 잡아야만 했다.

기념비를 경비하던 노련한 전직 하사관은 그들이 다소 창백해진 얼굴로 다시 내려오는 것을 보고는 비웃었다.

엘비르는 장 데제르의 팔에 기대어 그가 그녀의 이마에 입을 맞추게 하는 꽤 순진한 방법을 썼다. 그녀에게 아쉬운 점이 하나 있다면, 묻는 말에 제대로 대답하지 않는다는 거였다. 엘비르의 생각은 대체로 장 데제르의 생각을 따랐지만, 햇빛이 비치는 길이 기찻길을 따라가면서도 자신의 기분에 따라 돌아가고 나무숲을 피해 가는 것처럼, 때로는 변덕스럽고, 제멋대로였다.

바캉스는 끝났다. 그들의 약혼 이야기는 지속되었다. 장 데제르는 직장으로 복귀했기에 저녁에만 약혼자를 만났다.

9월이 되자 바로셰 씨는 이렇게 말했다.

"얘들아, 너희는 머지않아 하나가 될 거야. 이제는 우리 사위가 이 동네에 거처를 찾을 때가 된 것 같구나."

"맞아요." 엘비르가 말했다. "그 생각을 못 하고 있었네. 제일 재밌는 게 아직 남았어요. 전 새하얀 드레스를 입겠죠….

벌써 눈앞에 아른거려요. 가게를 닫고 무도회를 열 거예요."

VIII

예상할 만한 일이었다. 모든 일에 끝이 있는 것은 당연하며 때로는 흐지부지되기도 한다.

10월에 들어서자마자 빠르게 밤이 찾아왔기에, 천장에 매달린 등불은 일찍 타오르고 있었다. 어느 날 저녁에 장 데제르와 그의 약혼녀는 머리를 맞대고 미래에 대해 의논했다.

"전 정말 행복할 거예요." 엘비르가 말했다. "당신의 올곧은 모습이 제게 곧바로 믿음을 주었답니다…. 아빠가 우리 결혼식에 뒤푸르 씨네 가족을 초대하는지 궁금해해요. 그 사람들은 고작 빵집을 운영하거든요, 물론 큰딸은 약사와 결혼했지만요. 세상에, 사는 게 이렇게 복잡하다니!"

"걱정하지 말아요. 곧 알겠지만, 모든 게 알아서 술술 풀릴 거예요. 그보다는 이 순간을 즐기며 서로를 더 잘 알아 가도록 해요. 나중에 신경 쓸 일이 훨씬 많을 겁니다!"

"그래요, 요즘이 내 인생에서 가장 아름다운 날들이랍니다!"

"정말 후회하지 않나요? 알다시피 결혼이라는 건 돌이킬수 없는 일이라 진중해야 해요."

"그랬으면 좋겠어요… 소녀의 마음은 단 한 사람에게만 줄수 있어요. 그리고 당신의 사랑은 영원할 거라 느껴져요."

이 말에 장 데제르는 감동했다. 그는 여윈 팔로 엘비르를 껴안았다. 그는 낭만적인 분위기에 기대어 한껏 감정을 끌어올렸다.

"엘비르, 엘비르! 내가 엘비르라는 이름을 부를 때마다 내안에서 깨어나는 놀라움이 상상되나요? 이미 오래전부터 나보다 더 명망 있는 이들의 입에 오르며 축복받았을 이름이죠. 엘비르, 당신은 나의 고지식한 영혼에 환상으로 나타나진저리 나는 지겨움과 지긋지긋한 사무실 생활에 희망의 불씨가 된 이름이랍니다. 이런 특별한 순간을 맞아 말할 기회가 내게 주어졌는데 나는 당신이 그냥 지금 이대로 머물러 주기 바란다고 말하고 싶어요. 부질없는 아이같이 목적 없이성스러운 당신의 모습 그대로가 되어 하늘이 주입한 내 자신의 비참함에서 나를 구원해 주세요."

엘비르는 도자기 전등갓 사이로 비치는 빛 속에서 그녀를 향해 기울인 그의 얼굴을 바라본다. 그녀는 처음으로 그의 얼굴을 자세히 살펴본다. 그리고 아무 이유도 없이 그에게서 멀어진다. 그녀는 탁자 위에 팔꿈치를 올리고는 얼굴을 손에 파묻은 채 갑자기 눈물을 터뜨린다.

"엘비르, 내가 속상하게 했군요. 용서해요. 하지만 이 말은 꼭 해야만 했어요."

그는 그녀에게 대답을 재촉한다. 무엇보다도, 의심할 여지 없이 이 광경은 그의 마음을 무겁게 짓누른다.

"아! 당신의 얼굴이 이렇게 긴 줄 정말 몰랐어요. 맙소사, 왜 진작 당신을 잘 살펴보지 않았을까요? 끝이에요! 이런 상태라면 절대, 절대 당신을 사랑할 수 없어요!"

장 데제르는 이 재앙이 참담할 뿐만 아니라 더 이상 주워 담을 수 없는 상황임을 단번에 깨달았다. 그는 적당한 할 말을 고민하며 약혼녀의 곁에 다가가 앉는다. 하지만 어떻게 말을 이어 나가야 할까?

"이런 일이 일어날 것만 같았어요. 미리 알아챘어야 했는데. 이제야 깨닫다니 너무 늦었군요. 가여운 소녀 엘비르! 이런 식으로 꿈에서 깨어나다니! 어느 날 저녁, 전혀 예상치 않

게 얼굴이 길다는 것을 알아차려 더는 약혼자를 사랑할 수 없

게 되다니요! 이걸 미주알고주알 설명하는 건 다른 사람들

의 몫으로 남겨 두겠어요. 당신만큼이나 나도 괴로우니까요.

그래도 당신은 어리잖아요. 마음을 추스르고 나면 모든 일은

잊게 될 거예요. 안녕, 엘비르!"

그 후

마셔라, 춤춰라, 이 땅의 인간들이여.
모든 게 슬프고 오래된 신비일지니.
– 쥘 라포르그 –

I

장 데제르는 '고전 속 비운의 주인공 역할을 하자.'고 생각했다. '가슴이 찢어지는군. 말 그대로야. 난 내게 주어진 연극의 역할에 충실하겠어.'

첫째 날 저녁, 그의 첫 행동은 아무 생각 없이 화장대 앞에 깔린 리놀륨 카펫 위에 눕는 것이었다. 프티생토마 백화점에 걸린 전광판에서 끊임없이 쏘아 대는 광선이 장 데제르의 정신을 차리게 했다. 그러나 서둘러 덧붙이자면, 그는 곧 기운을 차렸기 때문에 그의 나약한 행동은 이것이 유일했다는 것이다.

경제진흥부의 동료들은 아무것도 짐작하지 못했다. 한편 레옹 뒤보르잘은 사려 깊은 모습을 보여 주었다. 그는 친구의 고백에 대한 답으로 따뜻하게 손을 잡아 주었다. 이것은 아주 복잡미묘한 상황이다!

일주일 동안 사무실에서 곰곰이 생각에 잠긴 후 장 데제르는 다음과 같이 사색의 결과를 정리했다.

'이러한 경우에 망각을 위한 수단으로 세 가지를 들 수 있지. 첫 번째는 환락, 즉 파티에 빠지는 것. 두 번째는 술. 세 번째로는, 앞의 수단들이 통하지 않는다면 죽음이 있어. 마지막 수단이 가장 확실하고 돈도 덜 들지. 죽음을 청하기 전에, 그래도 나머지 두 가지를 원 없이 해 보는 게 맞겠지.'

II

장 데제르의 방탕한 생활은 2주 동안 지속되었다. 그는 새벽 2시쯤 잠자리에 들었다. 여러 음악 카페에서 그를 만날 수 있었는데, 특히 생앙투안가(街)의 엘리제나 세바스토폴가(街)의 콩세르페르상, 레퓌블리크 광장의 카보 등에 자주 갔다. 그는 얼마 지나지 않아 적당한 가격의 나이트클럽에서 유행하는 노래의 모든 후렴구를 휘파람으로 부를 수 있게 되었고, 다르퇴이 부인이 〈술집 사장의 왈츠〉를 부르며 보여 준 재능(깔끔한 발성)이나 모리스카 양(훌륭한 낭송가)이 연애 시를 읊을 때의 우아함에 대해 의견을 내놓기도 했다.

제비들이 돌아와

우리 집 지붕을 가득 메울 때…

황금색으로 빛나는 튤립 모양의 드레스를 입은 통통한 미녀들과 금발에 검은 옷을 입은 아가씨들은 요란한 공연이 끝나면 적절한 순간에 등장해 행복해하는 관중들의 감성적 열망을 자극했다. 나이 든 여자들, 사교계에 입문한 아가씨들, 노래가 한 소절 끝날 때마다 다리를 들어 올려야 한다고 생각하는 여자들, 노래를 부르며 손가락 사이에 종이 두루마리를 끼고 있는 여자들, 초록 블라우스를 입은 채 땀을 흘리는 여자들, 숨을 헐떡이는 여자들, 지방에서 피아노를 가르친 티를 내며 무대 뒤로 들어가기 전에 모노클을 고쳐 쓰는 여자들, 마지막으로, 인정받지 못한 여자들. 포주나 경찰 혹은 회사원들의 가슴에 즐거움이나 흥취를 쏟아붓는 것이 주업인 모든 여자가 순회공연을 하듯 장 데제르의 삶 속에 들어와 줄지어 수평선을 이루었다.

한번은 라울 드 나르세와 맥주를 마신 적이 있는데, 그는 드 나르세라는 귀족적인 성(姓)에도 불구하고 자기만의 철학이 있어서 귀족과 성직자와 구체제를 비난하고 프랑스 왕비들을 마구 호명하며 자신만의 생각을 거침없이 밝히는 인물이었다.

또 한번은 신랄한 가사의 노래를 곧잘 부르는 매력적인 갈색 머리 아가씨 도르주발 양에게 저녁 식사를 대접했다. 게다가 그는 당구와 주사위 놀이를 배웠다. 그리고 지팡이에 베네치아산 랜턴을 매달고는 라탱 지구에서 시험이 끝난 학생들의 행렬을 따라갔다. 심지어 타바랭 카바레*에서 춤을 추기까지 했고, 어쩌다가 한 포병 중대 하사관과 결투를 벌일 뻔하기도 했다.

이러한 생활은 그를 지치게 했고, 또 그만큼 실망스러웠다. 그래서 그는 곰곰이 생각한 끝에 어느 화요일 저녁 압생트를 마시기 시작했다.

첫 번째 잔은 그에게 두 번째 잔을 마실 대담함을 주었고 세 번째 잔은 그를 만취하게 했는데, 아무래도 술에 익숙하지 않았던 탓이다.

그는 이제껏 거리에서 그렇게 성큼성큼 걸었던 적은 없었다. 그의 머릿속에서 한 번에 이처럼 많은 생각이 피어난 적은 결단코 없었다. 가로등은 등대선의 돛대처럼 기울어져 있었다. 가장 힘들었던 건 보도에 발을 디딜 때 뒤꿈치가 연석에 걸리지 않도록 발을 내디디는 것이었다. 요컨대 매우 흔

---

* 몽마르트르 기슭의 9구 빅토르마세가(街) 36번지에 있던 카바레로, 1904년부터 1953년까지 영업하며 물랭루즈와 함께 파리 밤 문화를 상징하던 곳.

한 취객의 모습이었다. 다음 날 그는 두통에 시달렸다. 하지만 아무것도 잊지 않았다. 이제 그는 스스로 생을 마감할 준비 이외에는 달리 할 일이 없었다.

III

자살을 결심한 장 데제르는 결근하는 일이 없도록 일요일을 선택했다. 물론 아침나절에는 여러 가지 일을 준비하면서 보냈다. 그는 서류를 가지런히 정리하고 서랍장 속 물건들을 제자리에 놓았으며 이제는 쓸 일 없는 달력을 찢어 버렸다. 그리고 그 어떤 형식상의 흠도 용납하지 않을 태세였기에 민법 개론서에 근거해 유서를 작성했다. 그런 다음 그는 대리석 벽난로 위 눈에 띄는 위치에 관할 경찰서장에게 쓴 편지를 올려놓았다. 자신의 죽음에 관해 그 누구도 고발하지 말라는 내용이었다.

그런 다음, 어떤 죽음을 택할지 생각할 시간이 많지 않았기 때문에 그 자리에서 간단하게 점심을 때웠다.

그는 창가에 팔꿈치를 괸 채 작게 보이는 거리와 목재 도로, 인도, 행인들을 지켜보았다. 한 신부님이 길을 건너다 제

과사와 마주쳤다. 작은 소녀 둘이 자신들을 돌봐 주는 하녀의 손을 잡고 있었다. 약간 쌀쌀한 것이 계절에 비해 날씨는 좋았다. 이 얼마나 평온한가! 이 얼마나 일요일다운가! 지나가는 행인들을 보고 꼬리를 흔들며 목적 없이 아무 곳으로 질주하는 스패니얼 개조차 새로운 주인을 만날 거라는 희망에 차 있는 듯했다. 장 데제르는 이웃 술집에 정차한 노란 삯마차의 마부나, 바로 그 순간 자전거 페달에서 발을 뗀 채 도로를 내려가는 여자도 원망할 이유가 없다는 것을 인정했다. 게다가 과장된 행동을 하는 것은 그의 성격에도 맞지 않았다.

그는 창문을 닫았고, 교수형이 영국에서 공식적으로 사용되었다는 것을 기억해 냈다. 하지만 집 천장 높이가 낮아서 이 방법은 배제되었다.

침대 옆 협탁의 서랍 안에는 리볼버가 들어 있었다. 그러나 일단, 3년간 불륜 사건 한 번밖에 일어나지 않은, 점잖은 부르주아들이 생활하는 집에서 이런 일을 저지를 엄두가 나지 않았다.

음독은 그 효과가 확실하지는 않지만 좀 더 조용하고 이목을 끌지 않는 방법이다. 유일한 문제는 '어디서 약을 조달하고, 무엇보다 어떤 약을 골라야 하는지'였다. 하나의 이름이 떠올랐다. 쿠라레.* 장 데제르는 그 말을 되풀이하면서, 그것이 치료제나 조미료가 아닌지 의아해했다.

'엄청 간단할 거라 여겼는데.'라고 그는 생각했다. '어쨌든 센강은 항상 써먹을 수 있겠지. 군중이나 다이빙 요원, 구조대를 피하려면 밤에 실행해야지. 그리고 옷을 제대로 갖춰 입는 거야. 무엇보다 아름다운 모습으로 죽는 것은 중요하니까.'

그는 고심 끝에 흰색 물방울무늬로 장식된 검정 넥타이를 골랐고 심혈을 기울여 옷을 차려입었다.

그런 다음 그는 대로변에 나가 저녁을 먹었는데, 이 선술집은 그가 끊어 버리고 싶었던 생명의 활기로 가득 차 있었고 생명력이 넘치도록 떠들썩했다. 그리고서는 한 집시 카페로 자리를 옮겨 초연한 관찰자의 모습을 유지하며 머물렀다. 빈 왈츠는 그에게 모든 일을 망각한 채 아무 이유 없이 춤을 추고 싶은 충동을 가져다주었다. 무엇보다도 그는 곧 죽게 될 젊은 청년이었기에, 그저 흥미롭게 이 광경을 관조했다. 물론 그에게는 이 모든 동요가 헛된 것이요, 테이블 주위에 서

---

* 남미 원주민들이 화살촉에 바르는 독으로 현재는 마취용으로 쓰인다.

서 열의를 다하는 웨이터들의 모습도 우스울 뿐만 아니라 일요일이라 옷을 쫙 빼입은 군중조차 유치해 보였다.

자정에 그는 퐁뇌프에 가기로 했는데, 막상 다다르니 사람들이 너무 많아서 아르슈베세 다리 쪽으로 향했다.

이제 여기는 센강이다. 이 시간에 강의 물결을 이루는 것은 더 이상 바토무슈 유람선*이 아니다. 강은 수직으로 서 있는 부두 사이에서 냉담하고 슬프게 출렁이며 그 자체를 즐긴다. 물이라고는 믿을 수 없을 것이다. 너무나 어둡다. 강은 깊이를 헤아릴 수 없도록 흔들리고 또 파고들어 간다. 게다가, 가스등의 불빛이 밤새도록 같은 자리에서 반사되어 떨리고 있지 않은가! 그렇다. 이 지경까지 온 이상 장 데제르는 끝을, 제대로 된 끝을 봐야 한다.

두 척의 나룻배가 서로 가까이 볼을 맞댄 채 정박해 있다. 때때로 밧줄이 질긴 소리를 낸다.

'난 너희들을 잘 이해한단다, 나룻배야.'라고 장 데제르는 마음속으로 되뇐다. '이 좁은 운하를 곧은 몸으로 지나가지. 수문 앞에서 기다리는 게 또한 일이지. 게다가 실제 함선인

---

* 프랑스 파리를 방문하는 방문객에게 센강을 따라 도시의 전망을 제공하는 개방형 유람선.

양 사이렌을 가진 자부심을 큰 소리로 외치는 예인선에 의해 다리 아래로 끌려 도시를 건너가지. 한마디로 너희는 나와 닮았어. 절대 바다에는 닿지 못할 거야.'

그러고 나서 그는 외투 깃을 올리고 잠을 청하러 귀가했는데, 군중 속 그 누구라도 대체할 수 있는 인물이 바로 자신이라는 사실을 아는 그에게 자살은, 그것조차 쓸모없는 것으로 여겨졌기 때문이었다.

IV

이어지는 일요일, 레옹 뒤보르잘은 장 데제르에게 이렇게 말했다….

내 친구 장 드 라 빌 드 미르몽을 기억하며[*]

보르도 출신의 이 청년은 내가 대학 시절 자주 앉던 바로
그 벤치에 앉아 있곤 했다. 서로 만나고 싶어 했던 마음이 실
제로 실현된 곳은 파리였다. 두 학생은 시골에서 서로 기회
를 엿보고 있었는데, 이런 경우 대개 한쪽이 자신을 경멸한
다고 생각해 다가가기를 두려워하는 법이다. 장 드 라 빌 드
미르몽은 대학 강단에 서던 유명한 라틴어 학자이자 시의회
의 좌파 의원인 아버지 밑에서 자랐다. 시험 때마다, 이 남다
른 학자는 송곳 같은 질문으로 함정을 파 놓고는 신부들과 예
수회 학생들을 당황케 하는 것을 즐겼다. 나는 그 아들 장이
이런 장난기를 물려받지 않았을까 걱정했었다. 나는 마리아
회 수도원 생활을, 그는 고등학교를 각각 마칠 즈음이었다.

오늘날의 학생들은 1905~1906년쯤 젊은 세대를 지배하고

---

[*] 이 글은 장 드 라 빌 드 미르몽 사후 발표된 콩트와 시 등을 엮어 출간되었던
『L'horizon chimérique; Les dimanches de Jean Dézert. - Contes (Bernard Grasset,192
』에서 발췌한 것으로 작가의 친구이자 노벨상 수상자인 프랑수아 모리악 (François
Mauriac 1985 ~ 1970)이 썼다. 이에 앞서 프랑수아 모리악은 작가가 『Les dimanches
de Jean Dézert (J.Bergue 1914)』를 발표했던 해 7월 15일자 『Cahiers de l'Amitié de
France』에 이 책에 대한 분석을 발표한 바 있다.

있던 위기감을 잘 알지 못할 것이다. '두 개의 프랑스'[*]가 사방에서 맞서 싸우고 있었다. 그러나 나는 이 젊은이가 구겨진 주머니에 책을 넣은 채 이러한 논쟁과는 담쌓고 살고 있다는 것을 알았다. 그의 우아함과 천진난만한 분위기를 바로 감지했으나 그저 악수를 하고는 시시껄렁한 몇 마디를 주고받은것이 다였다.

파리가 우리를 하나로 이어 주었다. 내 보르도 친구들 역시, 내가 그들을 제대로 알게 된 것은 파리에서였다. 생미셸 대로에서 장 드 라 빌을 단 한 번 만났을 뿐인데, 이 만남은 우리도 모르는 사이에 천천히 자라난 우정을 깨닫게 해 주기에는 충분했다. 그날, 그는 당시 내가 묵고 있던 파리 가톨릭대학 맞은편 에스페랑스 호텔 방까지 함께했고, 내가 처음 쓴 시들을 읽었다. "최근 모리악과 다시 만나게 되었네." 그는 1909년 3월 31일 루이 피에쇼[**]에게 이렇게 편지를 했다. "모리악이 보르도에 며칠 머무를 테니 만나 보게나. 우리가 파리에서 새벽 3시까지 산책했던 일이며 난롯가에서의 수다,

---

[*]   19세기 후반부터 20세기 초반 지속된, 프랑스의 세속화 정책과 관련하여 양분된 대립을 지칭한다.

[**] Louis Piéchaud (1888 ~ 1965); 보르도 출신의 작가이자 기자, 시인. 프랑수아 모리악, 장 드 라 빌드 미르몽, 앙드레 라퐁, 장 발드 등의 문인들과 함께 양차 세계대전 간 프랑스의 '잃어버린 세대'로 분류되는 인물이다.

정신 나간 계획들, 우스운 일에 몰두했던 이야기를 들려줄 테니까."

그는 루이 피에쇼에게 보낸 다른 편지에서 우리가 함께 거닐었던 1909년의 파리를 다음과 같이 묘사하고 있다.

"파리가 마음에 드네. 요즘같이 추운 파리의 하늘은 무광 유리 같은 데다, 선명한 잿빛 풍경의 대로에는 나무로 포장된 도로 위를 지나는 말발굽 소리가 울려 퍼지고는 해. 오늘처럼 축축한 날, 파리에는 밤이 일찍 내려앉고 가스등엔 투명한 후광이 비추지."

내가 바노가(街)에 거주할 때 그는 박가(街)의 천장 낮은 집에 살면서 센 경시청 채용 시험을 준비 중이었다. 그러나 법보다 그를 매료시킨 것은 시였다. 얼굴이 담배 연기에 둘러싸인 장 드 라 빌의 시 낭송을, 그 독특하고 부드러운 콧소리를 나는 영원토록이라도 듣고 싶다. 『공상의 지평선 (L'Horizon chimérique)』에 실리지 않은 그의 몇몇 시들은 내게 그 어떤 사진보다도 더 생생하게 그의 억양을 되살려 준다. 미발표작으로 남은 다음의 시구 또한 그러하다.

여름 저녁 바다가 모래 위에 한 장씩 지네….

롱사르와 뒤벨레부터 보들레르와 랭보, 프랑시스 잠*까지, 우리 젊고 취한 배**들은 프랑스의 강을 따라 운항했다. 비록 로스탕***에 대해서는 평이 엄격했지만 그의 작품『샹트클레 (Chantecler)』****가 이 세상에서 지니는 중요성에 대해서는 깊은 감명을 받았다. 매일같이 반복되는 저녁마다 우리는 여러 대로 위를 돌아다녔다. 장 드 라 빌은 "그건 어쨌든 걸작이 될 만했다네!" 하고 너스레를 떨었다. 한번은 우리가 카페 리슈에 자리를 잡았는데, 그 이유는 극장을 빠져나오는 관객들의 평가를 들을 수 있을 것 같다는 기대감 때문이었다. 진주로 치장한 나이 든 여자와 진부해 보이는 살찐 남자가 첫 번째 커플로 안에 들어왔다. 그들이 무슨 이야기를 할까 귀를 기울였으나 굴 요리를 시키고는 한마디도 나누지 않았다.

살아 있는 시인 중에는 프랑시스 잠이 가장 사랑받았다. "이제 나는『앵초의 비탄(Le Deuil des Primevères)』*****을 통해 보

---

*   Francis Jammes (1868 ~ 1938); 프랑스의 시인, 소설가, 극작가, 비평가. 1917년 아카데미 프랑세즈 문학 대상을 수상했다.
** 랭보의 시집 제목인『취한 배(Le Bateau ivre)』에서 차용한 표현.
*** Edmond Rostand (1868 - 1916); 마르세유 출신의 프랑스 극작가. 1897년 희곡『시라노 드 베르주라크 (Cyrano de Bergerac)』를 발표하고 초연을 시작으로 무려 500회 연속 공연을 기록하는 대성공을 거두었다.
**** 1910년 발표된 로스탕의 실험적인 우화극으로, 샹트클레는 이 작품에 등장하는 수탉의 이름이다.
***** 1901년 출간한 프랑시스 잠의 대표작.

르도를 보게 되었다네. 축제가 열리고 새 책의 향기가 나던 시대지. 항구는 돛이 두 대 달린 브르타뉴 범선으로 가득 차 있고…. 아이슬란드에서부터 온 안개로 뿌옇게 색이 바랜 듯한 모습이야."

여행과 새로운 세계로의 출발에 대한 집착은 거의 장을 떠나지 않았다. 그는 괜스레 웃는 척을 하곤 했다. "이 지루한 일 너머에 '사무직'이 후광처럼 빛나며 나를 베들레헴의 별로 이끌어 주는 듯하네." 기본적으로 그는 관료가 되는 것이 자신의 운명이라고 믿지 않았다. 어떤 사건이 일어날 것만 같았지만 그게 무엇인지 짐작할 수 없었다. 혹시 그것이 문학적 영광이었을까? 그는 아름다운 시를 써내고 싶어 했지만, 그 과정에서 겸손의 시간을 겪는 것은 죽기보다 싫어했다. 영광이 알아서 그를 찾아와야만 했다. 이 점에 대한 그의 예민함은 잠재울 수가 없었다. 그는 오늘날의 청년들이 참을성이 없다는 데에 분노했다. 그를 가장 놀라게 한 것은 청년들에게 진정한 야망이 부족하다는 것이었다. 그는 루이 피에쇼에게 이런 편지를 보냈다. "요즘 들어 시를 꽤 많이 썼는데 곧장 버렸다네. 뭔가를 잘하기 위해서는 자기 자신에게, 아주 엄격해야 한다고 믿네. 게다가, 아주 강렬하고 흥미로운 작품은 머릿속에 오래도록 담아 두고 충분히 익어 갈 시간을 주었다가 어느 날 아주 완벽히 공들여 세상에 내놓는 것이라야 하지. 시인에게 유일한 연구란 삶에 관한 연구이고, 시인의 가장 생명력 있는 작업은 바로 사는 것, 잘사는 것이라네."

자기 자신에게 엄격했던 장은 친구들에게는 오직 관대함만을 베풀었고, 이제 막 피어나는 문인이었던 나는 그의 심기를 거스르지 않았다. 그는 내 첫 시집에 '합장(Les Mains jointes)'*이라는 제목을 붙여 주었다. 그리고 바레스가 『에코 드 파리』에 이 더듬대는 시에 대한 글을 써 주었을 때 나는 부활절을 보내러 간 보르도에서 다음과 같이 형제애에 넘치는 편지를 받았다. "친구여, 오늘 평소와 달리 『에코 드 파리』를 사지 않고 지나칠 뻔했다네. 하지만 사무실로 돌아가기 전에 왠지 모를 예감이 내 발길을 키오스크로 돌려주었지. 기분이 정말 좋아. 자네가 바노가(街)를 떠나지 않았더라면 곧장 자네 집 계단을 오른 나를 만날 수 있었을 테지. 바레스의 글은 매력적이더군. 그 거만한 인물까지 자네의 글을 이해했지 않은가. 하지만, 자랑하려는 건 아닌데, 내가 그 보다 자네라는 인물에 관해 더 잘 이해하고 있다고 믿네. 나는 이런 질문을

___
* 1909년 출간한 프랑수아 모리악의 첫 시집.

하지 않으니까 말야. '그는 어떤 길을 가고자 하는가?'라든가, '이 아름다운 샘터에 무슨 일이 일어날까?' 하는…. 이 샘만으로 충분하지만, 이 땅의 굴곡이 어디로 향하는지도 나는 알고 있네. 바레스는 자네의 교양과 이성을 생각하지만 내게는 다른 더 중요한 것이 있다네. 그리고 바레스를 포함한 모두가 자네만의 사계(四季)를 써내기를 기대하고 있지만, 나는 자네한테『합장』외에 다른 것을 더 바라지 않는다네. 나는 그 작품이 우리의 희미했던 우정을 하나로 이어 주는 것을 보았고, 자네가 한 호텔 방에서 내게 처음 읽어 줬던 것이 바로 그 시들이니까. 자네에게 다정한 악수를 하고, 그 손을 놓지 않겠네."

이때는 우리 우정의 봄날과 같은 시절이었다. 이듬해 우리는 랑드 지역에서 부활절 방학을 함께 보냈는데, 장은 우리 집안 아이들을 위해 멋진 놀이터를 만들어 주었다. 그는 자연에 동화되어 오두막과 나무집을 지어 주었다. 시가 그에게 유년기의 은총을 간직하게 해 주었다. 스무 살의 이 키 큰 청년은, 어두운 피부에 부드럽게 빛나는 눈을 가졌고, 둥글고 말끔한 얼굴에 까마귀처럼 검은 머리카락을 지녀, 아버지의 얼굴을 바라보는 아이들의 천사 같은 모습을 닮아 있었다.

아이들은 그를 어른이 아니라 자기네들의 비밀을 이해하는 동등한 존재로 받아들였다. 그는 아이들의 수준에 맞추려고 노력할 필요가 없었다. 그는 아이들과 같은 기쁨을 누렸고, 백년송 공원에서는 똑같이 소리를 질렀으며, 그의 웃음소리에는 어린애들과 똑같은 순수함이 깃들어 있었다.

그러나 그는 살았고, 사랑했고, 고통받았다. 나는 그가 고통을 많이 받았고, 또 고통받고 싶어 했다고 믿는다. 이 꿈 많은 청년은 삶에서 도망치지 않았다. 그에게는 모든 것이 풍요였다. 그는 초기 작품에 스스로 만족하지 못했고, 결코 많은 사람에게 읽히는 것을 원하지 않았다. 『장 데제르의 일요일』은 소수의 독자를 위해 인쇄되었다. 이 작품 속에서 내가 찾아낸 장은, 더 이상 박가(街)에서 내게 시를 낭송해 주던 그 사람이 아니다. 그는 생루이섬*에 살고 싶다는 꿈을 이뤘다. 거룻배들이며 잠들어 있는 물결, 그는 아마도 움직이지 않는 여행자, 바다를 항해하지 못하도록 선고받은 해적선과 같은 자신의 운명을 내다볼 수 있었기에 그 공간을 좋아했으리라. 그러나 곧이어 거대하고 무서운 밀물이 낡고 평화로운 부두로 그를 데리러 오게 된다. 나는 결혼을 앞두고 있었고, 그가

---

* 파리 센강에 있는 작은 섬.

내게서 멀어지고 있다는 생각이 들었다. 그에게는 다른 동료들이 있었고, 나는 그가 동네를 옮기며 친구들까지 물갈이했다고 원망했다. 하지만 신의 은총으로 그는 1914년 6월 나를 만나러 왔다. 그는 나의 신혼집에 방문했다. 그날 저녁 우리는 재회하게 된 것이다. 학기가 시작되면 자주 만나자는 약속과 함께 우리는 헤어졌다.

전쟁이 선포되자마자 그는 원고들을 치워 버렸고, 살려 낼 가치가 있다고 생각되는 시편들을 모은 뒤 군에 합류하기 위해 징집소로 달려갔다(근시가 심해 군복무에는 부적합했다).

우리의 이야기는 잠시 접어 두고 잊고 있던 장의 어머니에 대해 이야기하고자 한다. 그가 어머니에게 바친 무한한 애정을 이해하기 위해서는 진작 그의 내밀한 삶에 관해 얘기했어야 했다. 낮은 목소리로 자신의 가장 위대한 사랑을 고백하듯, 그는 어머니에 대해 몇 번이나 얘기했었다. 그의 어머니가 계셨기에 장 드 라 빌 드 미르몽의 삶에 대한 믿음이 그 어떤 저속함이나 추악함에도 무너지지 않았음을 나는 알고 있다. 오직 아름다움과 미덕 그리고 사랑만이 존재했다. 그의 어머니가 신을 믿으셨기에 그 또한 신을 믿었다. 오직 그 어머니만이 자기 아들의 죽음을 이야기할 마땅한 자격이 있는 법이다.

철조망이 촘촘하게 얽혀 있는 성벽 방책의 참호 맨 앞에서 드 미르몽 중위와 부하들은 3시 근무 교대를 위해 모였고, 옆구리에는 마대를 끼고, 발밑에는 무기를 둔 채 어물쩍대며 서서 기다리고 있다. 조금 전부터 독일 포병대는 미친 듯이 퍼부어 대고 있다. 날은 춥지만 맑다. 여전히 높이 솟아 있는 태양은 슈망데담 거리를 비추고 바로 근처에 있는 볼 숲의 헐벗은 나무에도 내리쬐고 있다. 젊은 중위를 걱정하던 보르드 대위가 참호 위쪽에 모습을 드러낸다.

"이봐! 교대 병사들은 도착했나?" 대위가 묻는다.

"그래? 그러면 이제 복귀하면 되나? 시간이 되었군. 어서 가!"

"아닙니다, 대위님. 당연히 남겠습니다. 적들의 공격 태세에 단 한 치의 양보도 허락할 수 없습니다. 게다가 일제 포격이 진행되는 와중이라 간다는 것도 위험합니다. 가능하다면 6시에 교대하도록 하겠습니다."

대위는 계속 복귀하라고 명했지만, 지척에 떨어지는 적의 포탄이 그의 말을 막았다. 대위가 사령부에 막 다다랐을 때 엄청난 굉음이 지축을 뒤흔들었다. 적군이 처음으로 발사한

박격포 소리였다. 대위는 계속해서 명령을 내려야만 했기에 한시도 전화를 놓을 수가 없다. 잠시 후에 들것을 나르는 병사가 숨을 헐떡이며 도착한다.

"대위님, 드 미르몽 중위가 병사 두 명과 함께 매몰되었습니다."

보르드 대위는 황급히 되돌아간다. 아수라장 속에서 몇몇 생존 병사가 잔해를 치우고 있다. 교대를 기다리던 병사들은 전사했다. 중위만 숨을 이어 가고 있다. 놀란 얼굴에 전투 태세로 웅크리며 고개를 치켜든 채 무기를 앞세우고 돌격할 채비가 되어 있던 그를, 엄청난 양의 흙더미가 짓누르고 있었다. 대위는 그를 사령부로 옮기기로 하고 서둘러 군의관을 찾는다. 척추가 목에서부터 부러졌기에 사실상 할 수 있는 조치는 없다. 보르드는 전우에게 다가가 이름을 부른다. 장은 최후의 총기가 스쳐 가고 있는 그 큰 눈을 뜬다.

"엄마!" 그가 읊조린다.

"어머니가 자네에게 입을 맞춰 주고 계시네." 대위가 죽어 가는 그의 이마에 오래도록 입술을 가져다 대고 이를 느낀 남자의 입술에 미소가 감돈다.

그렇다. 어머니는 그의 곁에 함께 계신다. 그는 어머니의

품에 안긴 듯하다.

"엄마, 엄마!" 이 말을 두 번 더 외친 그는 혼수상태에 빠진
다.

마치 수의처럼 먼지가 덮인 채 버려진 책상에서 그의 어머
니는 다음과 같은 글을 발견한다.

사랑하는 이여, 이번엔 오랜 여행을 떠나는 겁니다.
우리는 언제 돌아올지 몰라요.
우리는 더 자랑스러워질까요, 더 미치게 될까요, 아니면
더 현명해질까요?
사랑하는 이여, 우리가 떠나는 데 무엇이 중요하겠어요!
출발하기 전에 그대의 짐가방에
우리가 보여 줄 가장 아름다운 욕망을 넣어 주세요.
아무런 후회도 하지 말아요, 다른 사람들이
그리고 다른 사랑들이 우리를 위로해 줄 테니까요.
사랑하는 이여, 이번엔 오랜 여행을 떠나는 겁니다.

우리가 모은 이 향수 젖은 시와 산문들은 장 드 라 빌이 벗
어나고자 한 보들레르와 라포르그 같은 시인들의 영향을 비

껴가고 있다. 그러나 이 글들은, 이 젊은 청년과 함께 조화와 생명의 세계가 전부 스러졌음을 탁월하게 증언해 주고 있다. 장 데제르의 형제자매들 또한 그와 함께 묻혔다.*

바다에서부터 알자스에 이르는 이 광대한 전선 너머, 창조자의 모든 피조물이 제물로 바쳐져 희생됐다. 『공상의 지평선』은 바로 그 바다가 요동치는 조개껍데기이자 결코 태어나지 못할 장 드 라 빌의 작품이다. 그렇지만 모리스 드 게랑**을 기억해 보자. 이보다 더 얇은 책으로도 게랑에 대한 기억을 간직할 수 있지 않은가. 장이 남긴 작품들 또한 이처럼 행복한 운명을 지게 될 것이다. 죽음을 기다리고 있는 포레에게, 『공상의 지평선』은 그가 마지막으로 남길 멜로디에 영감을 주었다.***

이 가슴 아픈 음악에 실린 친구의 시는, 노래가 아니었다면 이 시를 알지 못했을 이들의 마음에도 가닿게 될 것이다.

---

* 작가 장 드 라 빌 드 미르몽은 6남매로, 모리악은 자전적인 이야기의 주인공인 장 데제르와 작가 장 드 라 빌 드 미르몽을 동일 인물처럼 취급하여 이 글을 쓰고 있다.

** Georges Maurice de Guérin du Cayla (1810~1839); 프랑스의 시인으로 생전에는 조명받지 못했다. 사후 미완성 산문시로 주목을 받았다. '근대 산문시의 창시자로 추앙받는다.

*** 프랑스 작곡가인 가브리엘 포레(Gabriel Fauré 1845 - 1924)는 장 드 라 빌 드 미르봉의 시 『공상의 지평선』을 가사로 곡을 만들었다. 이는 포레가 사망하기 전 마지막으로 남긴 작품 중 하나이다.

죽음은 파괴하지만 삶은 타락시킨다. "놀란 얼굴에, 전투 태세로 웅크리고 고개를 치켜든 채 무기를 앞세우고 돌격할 채비가 되어 있던 그…." 죽음은 장 드 라 빌을 영원토록 이 모습으로 남겨 두었다. 언젠가 우리가 다다르게 될 해안에서, 우리는 이 영원한 젊은이를 먼저 알아볼 것이다. 하지만 그는 우리를 알아보지 못할지도 모르겠다.

프랑수아 모리악

문학을 좋아한다고 자부하는 독자에게도 '장 드 라 빌 드 미르몽(Jean de la Ville de Mirmont)'이라는 이 긴 이름은 생소할 것이다. 그의 삶은 문학사의 한 페이지를 장식하지는 못했다. 1886년 프랑스 남부 도시 보르도의 부르주아 가정에서 태어난 그는, 대학교수이자 지방정부의 관리였던 아버지 밑에서 착실하게 교육을 받았다. 그리고 파리로 이주한 후 별다른 고민 없이 공무원이 되었다. 온통 무채색으로 그려진 그의 삶에 빛을 더해 준 것은 오직 문학에 대한 열정과 이를 나눌 수 있는 친구들이었다.

제1차 세계대전이 발발하기 불과 몇 달 전, 작가의 유일한 출간물이 된 소설 『장 데제르의 일요일』은 죽음을 예견하기라도 한 듯 자전적인 이야기로 삶을 정리하고 있는 글이다. '장'이라는 이름과 공무원이라는 직업, 딱히 즐길 것도 없이 때때로 시를 쓰는 모습은, 소설의 주인공인 '장 데제르'에게 작가 자신을 투영했음을 쉽게 알아차리게 한다. 프랑스 문학은 19세기부터 이미 자본주의의 완전한 승리를 예견하고 있었고, 실제로 드 미르몽이 살았던 1900년대 초반은 자본주의가 정착한 사회로 볼 수 있다. 이러한 시대를 살면서 금전적

문제를 겪어 본 적 없을 뿐 아니라 안정적인 직업을 택한 작가가 문학에 눈길을 돌린 것이 오만한 선택이라고 여기는 독자가 혹여 있을지 모르겠다. 그러나 그의 문학적 열정은 결코 예술적 허상을 좇거나 자기과시를 꾀하지 않았다. 그의 짧은 글에서는 오히려 시대와 자기 자신에 대한 적확한 통찰을 읽어낼 수 있다. 기실 이 작품은 소수의 친구를 위해 인쇄되었을 뿐 대중을 감화시킬 목적으로 출간된 것은 아니었다. 누군가의 시선에 연연하지 않고 자신만의 가치를 찾는 글쓰기를 통해서만 비로소 객관적인 분석을 이뤄낼 수 있음을 그는 이미 이해했었던 듯하다. 이에 관해 작가는 영리한 전략을 택한다. 직설적이고 냉소적인 언어를 통해 현대의 삶에 대한 비관적 견해를 읽어낼 수 있으며, 이는 또한 전통적으로 프랑스 문학이 요구해 온 우아함과 권위에 등을 돌리고 있다. 프랑스 주간지 『롭스』의 문화부장 제롬 가르생은 이 작품을 두고 "지난 시대의 가장 현대적인 작품, 한 세기 앞서서 등장한 우엘벡, 슬프면서 유쾌하다."라고 평했다. 현대에 대한 냉소와 거침없는 문체가 미셸 우엘벡을 떠올리게 한다는 것이다. 우엘벡 또한 특유의 유머 감각과 노란 조끼 시위, 이슬람의 대두 등 프랑스 사회의 문제를 예견하는 통찰력을 지닌 작가로, 프랑스 내에서는 노벨문학상 수상자를 예견할 때 항상 거론되는 작가다. 드 미르몽의 동시대 작가들과 비교해 보면, 확실히 초현실주의 작가들의 몽환적인 세계와 환상은 장 데제르의 단조로운 일상에 끼어들 틈이 없어 보인다. 프랑스 현대문학의 효시로 여겨지는 프루스트의『잃어버린 시간을 찾아서』에 등장하는 문장들이 한 페이지를 거뜬히 넘어선다는 것 또한 드 미르몽의 간결한 문장과는 대조적이다.

그렇다고 드 미르몽이 현실에 안주하고만 있던 인물은 아니었다. 기본적으로 관료의 삶이 자신의 운명인 것을 믿지 않았으며, 전쟁이 일어나면 큰 뜻을 위해 자리를 박차고 나갈 줄도 알았다. 어린아이와 같은 순수함을 간직하고 서로를 사랑하는 또 다른 별을 꿈꾸었던 그는, 문학을 통해 자신의 종착역으로 다가가고자 했으리라. 프랑수아 모리악은 이 작품에 관해 서문을 남기며 뜻을 나눴던 친구의 죽음을 애도하고 진정한 삶과 사랑 그리고 고통을 알았던 한 사람을 잊지 않겠다는 결의를 보여 준다.

프랑스의 '잃어버린 세대'로 평가받는 드 미르몽의 작품은 우엘벡 외에도 또 다른 여러 이름을 떠올리게 한다. 카뮈의『이방인』과 사르트르의『구토』가 등장하기 몇 년 전이지만,

실존주의의 희미한 그림자는 이미 장 데제르가 거니는 파리의 거리를 뒤덮고 있다. 그러나 뫼르소와는 달리, 그는 누구도 죽이지 않으며 자살하려던 생각조차 체념하고 만다. 사회 참여를 강조했던 사르트르처럼 어떠한 메시지를 전달하고자 쓴 글도 아니기에 로캉탱처럼 예술을 통해 진정한 구원을 얻지도 못한다. 장 데제르에게는 어떠한 변화도 없이 다시 일요일이 찾아오고, 그는 다시 삼등칸의 승객이 되어 조용히 길을 갈 뿐이다.

한국 문학에서도 비슷한 장면이 떠오른다. 서울이라는 도시를 방황하다 전차를 타고 친구를 만나 이야기를 나누고 돌아오는 인물, 박태원의 『소설가 구보 씨의 일일』이다. 군중 속의 고독을 느끼면서도 이성을 만날 필요성을 느끼지도 못하고 자신만의 행복을 어디에서 찾을 수 있을지에 대한 답을 찾지 못하는 등, 구보와 장 데제르는 어느 정도 닮아있다. 아마 실제로 만났다면 레옹 뒤보르잘보다도 더욱 잘 맞는 친구가 되었을지도, 나아가 함께 엄청난 작품을 써 내려갔을지도 모르겠다. 20년이라는 시간적 간격에 더해 프랑스와 한국이라는 이 머나먼 물리적 거리에도 불구하고 이 두 작품이 이렇게나 닮아 있는 것은 바로 시대를 읽어내는 시선을 담고 있다는 공통점 때문일 것이다. 글 쓰는 것을 업으로 삼은 구보도, 심심풀이로 시를 쓰는 장 데제르도 결국 삶에 대한 완전한 해답을 찾지는 못했다. 그러나 그들의 삶에서 문학은 목적 그 자체가 아니라 삶을 지속하게 해 주고 지루한 시간을 이겨내게 해 주는 원동력이 된다는 것만은 확실하다.

　또 한 가지 이 소설을 읽으면서 흥미롭게 살펴볼 수 있는 것은 바로 실재하는 장소들을 작품 속에 그대로 녹였다는 것이다. 몇몇 중요하거나 생소한 장소의 경우 각주(註)를 통해 독자의 이해를 돕고자 하였지만, 그 외에도 장 데제르가 방문하는 극장이나 식당 그리고 거리는 여전히 파리의 풍경을 꾸미고 있다. 프랑스 문학의 역사 내내, 특히 19세기 사실주의 소설에서 파리는 사람과 자본이라는 혈액이 마치 핏줄과 같은 거리를 따라 쉴 새 없이 흐르는 생동감 넘치는 도시로 그려져 왔다. 그 무엇에도 의욕이 없는 장 데제르가 이 공간의 주인공이 된다는 것이 대조적이긴 하지만, 오히려 그가 이 도시를 구석구석 누비며 일요일마다 잠깐의 생기를 얻는다는 것을 상기해 보자.

　실재하는 장소들을 지도로나마 따라가 보며 장 데제르의 일요일 산책을 함께 즐겨 볼 수도 있을 것이다.

군중 속에 섞여 있으면 그 누구도 눈치채지 못할 인물이라고 책은 설명하지만, 역설적으로 군중인 우리 또한 그와 많이 닮았다는 것을 짐작하게 한다. 현재를 사는 한국의 독자들도 이 책을 통해 비슷한 위안을 얻을 수 있기를 바란다. 사회 안팎으로는 여러 큰 사건이 벌어지지만, 신문 파는 소년이 외치는 말이 들리지 않았던 장 데제르처럼 모든 게 남의 일인 양 일상은 변하지 않고 지겹게 반복된다. 그럼에도 잠시 휴식을 취하기 위해, 혹은 어떠한 영감을 얻기 위해 책을 집어 든 독자들이 장 데제르처럼 의연하게 삶을 이어 나가 문학에서 힘을 얻을 수 있기를 바라는 마음이다. 이 소설은 짧지만, 전개가 빠르고 단조로운 듯하면서도 번뜩이는 것이 가득하다. 역자 또한 원문을 읽으며 장 데제르의 말에 고개를 끄덕이기도 하고 돌연 일어나는 사건들에 당황하기도 하면서 흥미롭게 작업할 수 있었다. 이미 프랑스와 영미권에서는 세기를 거듭하며 주목을 받았던 이 작품을 한국의 독자들에게 소개하게 되어 영광이며, 사진과 문헌이 비교적 잘 남아 있기에 1900년대 초반 파리의 모습을 생동 있게 전달하고자 노력했다는 것을 전하고 싶다. 전쟁으로 인해 일찍 생을 마친 드 미르몽에게 삶이 조금만 더 주어졌다면 또 어떤 훌륭한 작품이 탄생했을지 호기심이 동한다. 동시에 그가 얘기한 현대 생활의 비극이 결국 인간의 오만으로 인한 폭력으로 끝맺었다는 사실이 안타깝게 느껴져, 그의 죽음에도 뒤늦게나마 애도를 표하고 싶다. 끝으로 장 드 라 빌 드 미르몽이라는 보석 같은 작가와 그의 작품을 만나게 해 준 김용석 교수님, 문학에 대한 애정을 아낌없이 드러내며 번역 작업에 큰 도움을 주신 신북스 강신덕 발행인과 임종세 대표께 이 자리를 빌려 감사의 말을 드린다.

| 저자 |

장 드 라 빌 드 미르몽 (Jean de La Ville de Mirmont)

20세기 초 프랑스의 소설가이자 시인이다. 1886년 12월 2일 생으로, 프랑스 남서부 보르도의 한 유복한 개신교 가정에서 태어나 엄격한 교육을 받으며 성장했다. 1904년 보르도 대학에 입학해 문학을 공부했고, 1908년 파리로 올라와 공무원 시험을 준비했다. 22세 되던 1909년 훗날 노벨문학상을 받게 되는 작가 프랑수아 모리악과 재회하며 파리에서 우정을 키웠다.

한편 드 미르몽은 파리에서 노인 지원을 담당하는 공무원으로 일했는데, 이 시기의 경험이 소설『장 데제르의 일요일』을 창작하는 데 영감을 주었다.

제1차세계대전 중 프랑스 57연대에 소집되었으며, 1914년 11월 28일 베르뇌유앙상파뉴의 슈맹데담 고원에서 포탄 폭발로 전사했다. 『장 데제르의 일요일』은 그가 사망하기 몇 달 전에 그 자신과 소수의 사람을 위해 출판한 책으로, 오늘날에도 끊임없이 읽히는 고전이다. 이외에도 사후에 출판된 여덟 편의 콩트와 매우 얇은 시집『공상의 지평선(L'horizon chimerique)』이 있으며 특히 이 시집에 실린 4편의 시가 가브리엘 포레의 음악에 사용되어 유명해졌다.

| 역자 |

김예림

한국외국어대학교 프랑스어학부를 졸업 후 동 대학원 불문학 박사과정에 재학 중이다. 아니 에르노의 작품을 공부하며, 현대 사회에서 문학의 역할을 고민하고 있다.

장 데제르의 일요일
Les dimanches de Jean Dézert

장 드 라 빌 드 미르몽

김예림 옮김

초판 1쇄 발행 2024년 8월 12일

펴낸곳 신북스
펴낸이 강신덕, 임종세
편집   조윤형
디자인 이진희
등록 제2023-000115호
주소 서울특별시 용산구 한강대로 80길 21-9 남영빌딩 1동 2층 205호
전화 070-4300-2824
팩스 0504-326-2880
이메일 spysick@shinbooks.com
홈페이지 www.shinbooks.com
인쇄·제책 영신사
ⓒ 신북스, 2024. Printed in Korea
값 16,700원
ISBN 979-11-968692-5-0